新・怪談

奥沢 拓

Okusawa Taku

文芸社

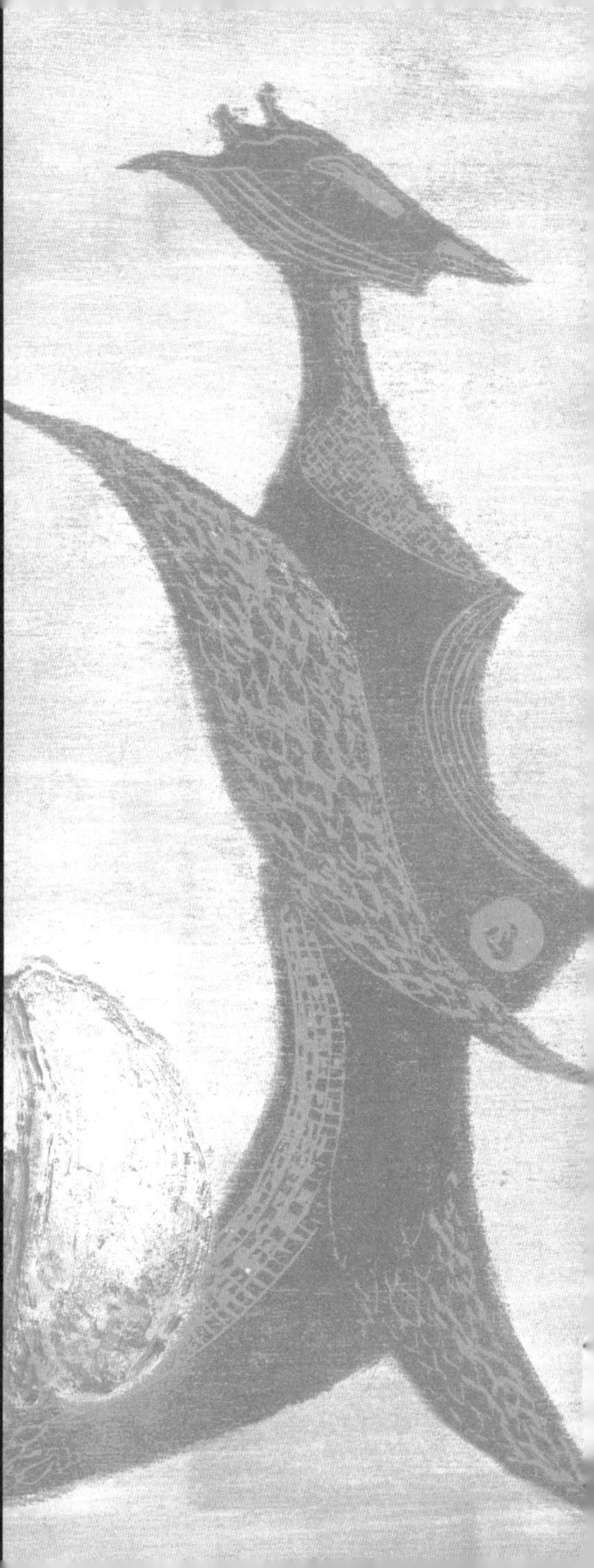

目次

I

II

I

赤子

奥州のある小藩に梅津勇之進という剛力無双の若い武士がいました。勇之進は大坂冬の陣・夏の陣で活躍した梅津忠之進の子孫という由緒ある家柄でした。また勇之進自身藩内では屈指の剣の使い手で、戦《いくさ》のない時は朋輩への剣術指南が主な仕事でした。藩主にも直接指南するほどだったのです。その日の務めを終え城下町の居酒屋で一杯やった後、勇之進は提灯《ちょうちん》を片手に家路を急いでいました。

雲の切れ目からときおり月光の射す中を、勇之進は柿の木坂と呼ばれるゆるい坂道を下りていきました。坂道を下りたところに勇之進たちの住む武家屋敷があったのです。

勇之進は一人暮らしでした。実は気立てのよい美しい妻がいたのですが、すでに亡くなっていました。数年前大地震があり、その時妻は実家に帰っていて津波にのみこまれてしまったのでした。妻の実家は海辺の高台にあったのですが、それをも巻き込む大津波でした。その後、幾度か見合いの話もありましたが、勇之進はその気にならず全て断っていたのです。それでも勇之進は家の玄関の戸を開けると、いつも「ただいま」といってみて、こんなことではと思い一人照れ笑いするのでした。

勇之進が坂道を曲がり平坦な道に出てふと見ると、若い女が赤子を抱きそわそわしながら一人立っていました。若い女がこんな夜更けに？　と勇之進はいぶかしく思いました。また女の様子にはどこかただならぬ気配があったのです。このまま黙って通り過ぎる訳にはいかないと思い、勇之進は思いきって女に声をかけました。

「こんな夜更けに一体どうなされた？」

女は振り返り、

「これはお武家さま。ごりっぱな方とお見受けいたしお願いしたいことがございます」

女は抱いていた赤子を見せ、

「どうか、この赤子をほんの少しの間、預かっては頂けませぬか。大事な急用ができてしまったのですが、そこへこの赤子を連れていく訳には参らないのです」

その女は目元が涼しく若く美しい女でした。

「詳しく申し上げることはできませぬが、この子の生まれる前に主人に死なれてしまいました。実は急用というのはその関係で、主人の実家へ急いでいかねばならなくなったのです」

勇之進は半信半疑でしたが、また一方この女はやもめなのかとも思いました。

「お分かり申した。抱いていて進ぜましょう」

勇之進は提灯《ちょうちん》をわきに置き、女から赤子を受け取り両手に抱きました。

「すぐに戻って参りますので、よろしくお頼み申します」

そういうと女は音もなく闇の中に小走りに去っていきました。

赤子は小さく軽く、勇之進の広い胸の中ですやすやと眠っています。肌もつやつやとしていて、勇之進が今まで見た赤子の中でも一番かわいらしく思えました。勇之進は今までほとんど赤子を抱いたことがなかったせいか、じんわりと幸福《しあわせ》な気分になりました。夫はすでに亡くなっているということだし、女が承知してくれるなら一緒になりこの子を引き取って自分の子として育てようか、とも頭の隅で少し思ったのでした。女は美しいだけでなく、気立てのよさそうな女に見えました。赤子の内からかわいがって育てれば、きっと自分にもよくなつくだろうと勇之進は考えたのです。もう少し大きくなったものごころのついた子どもだと、新しい親となかなかなじめずうまくいかない場合が多いという話も聞いていました。継父《ままちち》が継子《ままこ》を虐待し、遂には死なせてしまったという話も最近珍しくありませんでした。また、血のつながった親子の間でも、幼子《おさなご》の虐待は近頃けっこう多かったのです。

半刻《はんとき》経ち、一刻《いっとき》が過ぎようとしていました。けれども、女はなかなか戻ってこなかったのです。よく考えてみると、女がこの辺《あた》りでうろうろしていたのも何か怪しげな感じがします。ずい分昔の話ですが、この柿の木坂である剛力の武士が美しい女に化けた妖怪にだまされたという話を、勇之進は思い出しました。その武士もやはり若く美しい女からしばらく赤子を預かってくれるように頼まれたということです。その女もすぐ戻ってくるといってておきながらなかなか戻ってきませんでした。そうしている間に、抱いている軽かった赤子が大きさは変わらないのにしだいに重くなっていったというのです。その武士は武士としての意地というか、面子《めんつ》もあり脂汗を垂らしながら必死に抱いていました。そして、その武士は遂に赤子もろとも地に深くめり込んでいってしまったというのでした。

けれども、もちろん勇之進の抱いている赤子はだんだん重くなるということはありませんでした。やがて雲の切れ目から月が顔を出し、辺りが明るくなりました。月光が赤子の顔をはっきりと照らし、その赤子の顔を見た勇之進の顔ははっと凍《こお》りついたようになり、身体中を悪寒が走りました。赤子の顔は年寄りのようにしわだらけで、ふためと見られないようなひきつれた醜い顔だったのです。勇之進は一瞬、赤子を投げ棄てそうになりましたが、必死にこらえました。先ほど健やかそうでかわいらしく見えたのは、暗がりだったための錯覚だったのでしょう。あるいは赤子はかわいいものだという単なる思い込みからだったのかもしれません。この醜い赤子を預けたあの女はやはり妖怪なのでしょうか。勇之進は赤子の顔を見ないようにして必死に耐えました。顔からは汗がふき出してきました。

それからしばらくすると、ようやく女が暗闇の中から現れました。女は笑顔でいいました。

「手間どってしまって申し訳ありませぬ」

女が落ち着いた様子で赤子を受け取ろうとしたその時、再び月光が明るく赤子を照らし出しました。勇之進は再びはっと驚きました。赤子は初め見た時のようにつやつやした肌で、丸々としたかわいらしい赤子だったのです。勇之進は狐にでもつままれたような気がしました。礼をいって去ろうとする女の後ろ姿はなかなか美しかったのです。勇之進はこんな美しい女に巡り会えることは、もう二度とないかもしれないと思いました。女を呼び止めようと勇之進が口を開きかけたその瞬間でした。女はさっと振り返りいったのです。

「いいえ、それはもう――」
声を掛ける前に女が応《こた》えたので、勇之進は思わずぎょっとなりました。その後、赤子を抱いたその女は闇の中に溶け込むように消えてしまったのでした。

「梅津忠兵衛の話（日本雑録）」より

化身

とある山奥に、清太という若い男が、いつからか一人で住んでいました。清太は近くの湖で魚をとったり、また兎やてんなど小動物の狩りをして暮らしていました。兎などの肉は自分で食べるばかりでなく、里へ下りていった時その毛皮とともに売って銭にかえました。その銭で米や衣類、雑貨など必要なものを買いそろえたのです。その他、春にはわらび、ぜんまいなどをとったり、また秋には栗などの木の実をとりました。それらもまたいくらかは里へもっていき売りました。

ある日、清太は山で獲物がとれず、今日はもう収穫はないだろうとあきらめて帰ることにしました。その途中のことです。家まで後わずかという時、湖につがいのおしどりを見ました。これは天の恵みだと思い、おしどりに見つからないよう木の陰からそっと矢をつがえました。清太は弓の名手でした。

ところがよく見ると、雄のおしどりの様子がおかしいのです。どうやら病で衰弱しているようでした。雌のおしどりがかいがいしく面倒をみているようでした。清太はしばらくじっとそのつがいのおしどりを見ていましたが、やがて矢を外しました。

その晩、清太はおかゆと一菜のみそ汁だけで夕餉《ゆうげ》をすませました。

次の日、清太は山で何とか兎を一匹仕留めました。今夜は久しぶりに御馳走にありつけると、清太は天にも昇る気持ちで家路を急いでいました。

湖までくると、また例のつがいのおしどりが見えました。ところが、今日は雌のおしどりだけでした。いや、よく見ると雄のおしどりはじっと湖面に横たわり浮いているだけなのです。その傍らで雌のおしどりは、首を傾け何か低い声を出していました。そのありさまは嘆き悲しんでいるようで、まるで人間そっくりでした。おそらく雄のおしどりは死んでしまっているのでしょう。清太はしばらくその様子を呆然と見ていました。

すると突然、雌のおしどりはくちばしで自分の体を激しく突き裂き始めたのです。たちまちおしどりの体は血で紅《あか》く染まっていきました。清太は一瞬どういうことなのか、よく分かりませんでした。が、すぐに雌のおしどりが自害しようとしているのだと気づきました。

「やめれ！　やめるんじゃ！」

そう叫ぶと、清太は弓も獲物の兎も放り出し、水の中に飛び込んでいきました。ひとの言葉がまさか鳥獣に分かる訳もありませんが、叫ばずにはいられなかったのです。清太は胸のあたりまで水に浸《つ》かりながら、ぐいぐいとおしどりに近づいていきました。おしどりの方でもやっと気づいて、清太の方に首を向けました。

清太が側までくると、おしどりは力尽きたのか、すうっと目を閉じました。清太はすぐにおしどりを抱き上げました。体はまだあたたかく胸は力強く鼓動しているようでした。おそらく気を失っただけなのでしょう。

清太はそのつがいのおしどりを二羽とも家へ連れ帰ることにしました。雌のおしどりが連れ合いを亡くし自害しようとしたことは、清太にとって大きな驚きであるばかりではなく、不思議なことでもありました。

清太は家に帰ると、すでに亡くなっている雄のおしどりの方は、すぐに裏山に丁重に埋めました。

清太が雌のおしどりを囲炉裏《いろり》の側であたためたり、薬草で傷の手当てをしてやると、おしどりはやっと目を開けました。澄んだきれいな目をしていました。清太は干した小魚な

どを与えながら、

「もう死のうなんてばかなまねをすなよ。生きてさえいりゃあ、またきっといいこともあんべ。気の合う連れ合いに巡り合うことだって」

と、いってきかせました。

おしどりはめきめき回復しました。そして、もう二度と自害しようとはしませんでした。

何日か経ち、清太はすっかり元気になったおしどりを湖へ帰してやることにしました。おしどりを湖へ放すと、おしどりはすうっとまっすぐに前へ進んだ後、一度振り返り清太をじっと見つめ首をかしげるような仕草をしました。その後、おしどりは湖面にさざ波を残し、葦《あし》の茂みの中へと消えていったのです。


それから数十日ほど経ち、山は新緑に輝き始めていました。けれどもそんなある日の夕方、しだいに雲行きが怪しくなり、やがて嵐がやってきました。清太が夕餉をすませ囲炉裏の火にあたっていると、とんとんと戸をたたく音がするのです。風の音と一緒になってよく聞きとれないのですが、たしかに戸の外に誰かいるようでした。

「だんじゃ？」

清太が戸を開けると、そこには風に髪を乱しながらも若く美しい女が一人、立っていました。

ひとまず中に入れ話を聞くと、女は今日中に山を越えようと思ったが、嵐に遭《あ》って道に迷い難儀していた、その内ふと気づくと、この家の灯りが微かに見えたということでした。そして、今夜一晩だけ泊めてくれないか、と遠慮がちに頼むのでした。しかし、「信じてならぬはお上《かみ》と美人のいう言葉」と、昔からよくいわれています。また狐やむじなが美しい人間の女に化けて男をたぶらかすという話も聞いていたので、清太はこれは少し用心しなければばとも思いました。けれども囲炉裏端で話す内に、清太は澄んだきれいな目をしたこの女を信用してよいのでは、と思うようになったのです。それにこの嵐の中を、つれなく女一人を追い出す訳にもいきません。女の名はおしのといい、先だって亭主に死なれ子どももいなかったので、遠縁を頼って大きな町へ出て何か働き口をみつけようと思っているという話でした。

次の日も嵐は止む気配をみせませんでした。おしのはもう一晩泊まることになりました。そして――。清太はおしのと気持ちがぴったり合うことが分かりました。こうして清太とおしのは一緒に暮らすようになったのでした。

おしのは魚をとるのは清太よりうまいほどでした。岩かげに隠れているいわななどを、素手でひょいひょいとらえて、清太をおどろかせました。清太は心の内に一輪の花が咲いたかのような幸福を感じました。

やがて、夏がやってきました。異常なほど格別に暑い夏でした。その年は雨が降らず稲が実らなかったため、米の値は極度に上がっていました。水不足のためか山菜も余り育たず、兎などの小動物も少なくなっていました。またおしのは暑さに弱いのか、日に日に衰弱していくように見えました。

ある日、清太はおしのに湖で泳いでみてはどうかと勧めました。暑さをしのぎ体力をつけるには泳ぎが一番です。おしのの魚をとる様子からして、おしのが泳ぎが好きで得意なのはおのずと分かりました。けれどもおしのは恥ずかしそうに微笑むだけです。おしのは裸を見られるのが恥ずかしいのかなと清太は思いました。しかし、ここは人里離れた山奥です。見る者など誰もいないでしょう。

次の日の夕方、清太はその日もまた獲物がとれず、とぼとぼと家路を歩いていました。弱ったおしのに何としても滋養をつけさせてやりたいと思ったのですが。

清太は湖にさしかかりはっとしました。木の枝におしのの着ていた衣服が掛けてあったのです。清太は少し胸がときめきました。まだ白日の下でおしのの一糸まとわぬ姿を見たことはありませんでした。清太は木陰から湖をうかがいました。湖面は透き通るように青く静かでした。しかし、どこにもおしのの姿は見えません。けれども、葦《あし》の間に一羽のおしどりが見えました。おしどりはすいすいと気持ちよさそうに泳いでいました。清太はしめたと思い、急いで矢をつがえました。

ですが、清太はそのまましばらくためらいました。いま湖面をすべるように泳いでいるおしどりは、以前助けてやったあのおしどりではないでしょうか。一度助けたおしどりを、成り行きとはいえ今度は自らの手で命を奪おうとしている、そのことに清太はひっかかったのです。しかし、そうはいっても背に腹はかえられません。いまは衰弱しているおしのに滋養をつけてやることが、何より大切なことではないでしょうか。おしののためならやむをえない、と清太は心を決めました。

ままよ、と清太は力いっぱいきりきりと弓を引きしぼり、ヒュッと矢を放ちました。矢はうなりをあげ飛んでいき狙いたがわず、おしどりの胸に突き刺さったのです。おしどりの悲鳴が空《くう》を引き裂きました。おしどりは最後の力をふりしぼって必死に飛び上がりました。けれども、すぐに力尽きふらふらっと舞うように湖面に落ちてきたのです。

清太は湖に飛び込み、おしどりに近づいていきました。おしどりの側まできて、はっと息をのみました。おしどりはしだいに人間の女に変っていったのです。それはおしの、その人でした。おしのの白い乳房の下に矢が突き刺さり、真紅《まっか》な血が噴き出していました。

「ああっ……⁉」

清太は叫び声をあげ、おしのを抱きあげました。清太はおしのがおしどりの化身であることを初めて分かったのでした。

「おしの、おらあ、とんでもないことを……。おらは三国一ばかな男だ」

おしのを抱きしめる清太の目には、涙がにじんでいきました。

「おしの、死んじゃなんねえ」

おしのは苦しい息の下から、

「私は大切な連れ合いを亡くし死ぬつもりだった。そこをお前さんに助けられた。でも、お前さんに出会えてよかった。わずかの間だったけど、もう一度生きられたのだもの」

「おしの……」

「だから、もういいの、泣かないで」

清太を見つめるおしのの目には、せつない光が宿っていました。それからおしのは二、三度かすかなけいれんを起こしました。その後、清太の胸の中で静かに息をひきとったのです。清太は生まれて初めて声をあげて泣きました。おしのの身体は清太にしっかりと抱かれながら、しだいに冷たくなっていったのでした。

清太はおしのの遺体を、前に雄のおしどりを埋めた場所に丁重に葬りました。鳥獣でも人間を本当に好きになると、人間になることがあるという言い伝えはやはり本当なのでした。

その後、清太は頭を丸め僧侶になりました。

「おしどり（怪談）」より

縁切り坂

江戸近くのとある町に捨吉という若者が住んでいました。捨吉は腕のよい植木職人でした。大名や豪商の屋敷の庭の手入れをする大手の植木屋の親方の下に十三歳の時に弟子入りし、それからずっとそこで働いていたのです。いずれは植木屋として小さくとも一本立ちしたいというのが捨吉のささやかな夢でした。捨吉は大柄で腕力があり、盆と正月に行われる相撲大会で優勝したこともありました。

捨吉は三年ほど前、おりょうという美しく気立てのよい娘を嫁にもらいました。夏祭りの際に捨吉が見染めたのでした。おりょうの長い髪は漆黒で誰もがうらやむ美しさでした。二人は長屋に住んでいましたが生活は苦しく、おりょうは商家から仕立て物の内職を請け負って家計を助けていました。

それでも二人はそこそこ恵まれているほうでした。というのはこの頃は飢饉《ききん》などで餓死する者もけっこういたからです。また武士は武士で後継ぎがいないなどの理由で藩がとりつぶされ浪人となる者も少なくなかったのでした。巷《ちまた》には物乞いがあふれ、川の畔《ほとり》や橋の下には無宿人たちがむしろを張って生活していました。

隣国の大名の屋敷の庭を手入れするため、捨吉は親方らとともに泊まりがけでそちらへいくことになりました。大きな木の枝を切って形を整えるばかりでなく、庭に大きな石を運び入れたり、小川から水を引いてきたりして、いわゆる造園の仕事もやっていました。そのため大きな植木屋の仕事はけっこう大がかりなものとなるのです。ですからそういう植木屋の親方というのはかなり権威のある存在でした。

捨吉とおりょうは仲むつまじく幸福に暮らしていたといえるでしょう。ところが、久しぶりに捨吉が家に帰ってみると、おりょうが姿を消していたのでした。同じ長屋の住人たちに聞いてもらちがあきません。捨吉が出かけてからすぐに見かけなくなったようだというのです。おりょうが家出するなど思いもよりません。神隠しにでもあったのでしょうか。しかし、箪笥《たんす》の中のおりょうの持ち物はいくらか少なくなっているようですが、中はきちんと整理されていました。おりょうは一体どこへ？　捨吉には全く思い当たる節はありませんでした。

捨吉は狂ったように町中をさがし回りましたが、何の手がかりもありませんでした。おりょうが内職を請け負っていた商家にもいってみました。すると、おりょうは仕事をきちんと片付けた後、次の仕事は都合があるからと断っていたというのです。というのは覚悟の家出なのでしょうか。

捨吉はこの状況をどう受け止めてよいか分からず途方にくれてしまいました。最後の別れ際、長屋の外でいつまでも手を振っていたおりょうの笑顔が目に浮かびました。

「いってくるぜ」

「いってらっしゃい」

その何げないやりとりが、二人の最後のやりとりとなったのでした。その時のおりょうの顔は格別に優しさがあふれていたように思えます。それからの捨吉は心にぽっかりと穴があいたようでした。

やがて、近所の口さがない連中から、おりょうの噂話《うわさ》が捨吉の耳にも入ってくるようになりました。おりょうは情人《おとこ》と手をたずさえ縁切り坂を越えていったなどとまことしやかにいう者もいたのです。同じ頃、町内で色男として評判だったある若い男もいなくなっていました。

ところで縁切り坂というのは、本当は紀伊国坂というのですがほとんど誰もそれを知りません。縁切り坂が本当の名だと思っている者も多かったのでした。この坂を越えてしばらくいくと大きな街道へと出られます。そのためむかし、親兄弟、夫婦の縁を断ち切って他に自分の生きる新しい居場所を見つけようと、この坂を越えていく者がいたので縁切り坂と呼ばれるようになったそうです。この坂の片側にはむかしから深くて広い濠《ほり》があり、そのお濠端《ほりばた》には柳がずっと坂の上のほうまで連なっていました。また坂のもう片側には、将軍家とも姻戚《いんせき》関係がある由緒ある方の屋敷の高い塀《へい》がながながと続いていたのです。この辺《あた》りは日が暮れると人気《ひとけ》もなくなり大変寂しいところでした。

おりょうの噂話についてはその他、遊女に身をやつし吉原の遊郭で働いているというものもありました。また悪い輩に拉致《らち》され異国へ売り飛ばされてしまったという話も。

その中で一風変わっているのは行商の富山の薬売りの話でした。おりょうは人にはいえぬ不治の病にかかり同じ病の者たちと一緒に人里離れた山奥で暮らしているというのです。その薬売りは髪のうすい肥った中年男でした。

どれもこれも根も葉もないつくり話だと捨吉は思いました。

捨吉は一人で家にいる時など、おりょうのことを思い出しつい涙をこぼしてしまうこともありました。そんな時にたまたまひとが来訪すると、すぐに涙を拭《ぬぐ》い何でもないよという風に笑って応対に出ました。捨吉にも男の面子《めんつ》があったのです。

やがて、三年の歳月が流れました。捨吉はどうしてもおりょうを忘れることができませんでした。今でも夜はいつも枕を二つ並べて寝るのでした。植木屋の親方や親戚すじからは見合いを勧められましたが、頑《かたく》なに受け入れようとしませんでした。捨吉にはおりょうより気立てがよく美しい女がこの世にいるとは思えなかったのです。ましておりょうの生死ははっきり分かった訳ではありません。捨吉はおりょうにいつかまた会えるという微かな望みにすがりつくように生きてきたのです。もし万一亡くなってしまっているなら幽霊でもよいから会いたいと切に思ったのでした。

ちょうどその頃、奇妙な噂が出始めました。月夜の晩、縁切り坂に若い女に化けたむじなが現れ男をたぶらかすというのです。

ほどなくしてある月夜の晩、捨吉はその縁切り坂を通って帰ることにしました。その日は仕事がいつもより遅く終ったので、近道の縁切り坂を通って帰ろうと思ったのです。腕には自信がありました。

捨吉は縁切り坂を登り始めましたが、どこにも人影ひとつ見えません。むじなのほうで自分を怖《おそ》れているのかなとも思いました。

しかし、ようやく坂を越えかけた頃、お濠端《ほりばた》の柳の下に女がたった一人しゃがみこんでいるのが目に入りました。だんだん女に近づいてみると、泣いているのか、どこか悲しげな風情が漂っています。これがあのむじなかもしれない、用心しなければと捨吉は思いました。けれどもまた一方、本当の人間の女なら、これを見過ごすようではならないとも思いました。むじなでないならこんな時刻に女がこんな所にいるのには何か深い訳があるにちがいありません。捨吉は女に近寄り声を掛けてみました。

「もしもし、こんな夜更けに。何か事情があるならお聞きしましょうか」

「ええ……」

と、女が振り返りました。月光に照らされたその顔を見て、捨吉ははっとなりました。

「お前、おりょうじゃねえか⁉」

「はい……」

おりょうに会いたいという捨吉の想いが天にも通じたのでしょうか。その女はおりょうだったのです。捨吉はおりょうを抱きしめようと手を伸ばしました。おりょうはその手を

するりとすりぬけ、

「少し歩きながらお話ししましょう」

というと、お濠端に沿って静かに歩き始めました。

捨吉は、これはやはりむじながおりょうに化けているのではないかとも、一応はかんぐってみました。しかし、何年、何十年経とうと人には変えようとしても変えられないものがあります。うつむきかげんのしゃべり方、声の音色、その歩き方……。捨吉はこの女はおりょうにちがいないと確信したのでした。

捨吉はおりょうに自分の想いをぶっつけました。

「おりょう。俺はずっとお前を待っていた。いつかまた必ず会えると思っていた。いなくなってからお前を思い出さなかった日など一日たりともなかった。お前は何故?」

おりょうはじっとうつむいていました。捨吉はついに一番気になっていたことを口にしました。

「お前、まさか他に男でも?」

おりょうは振り返りきっぱりと、

「いいえ、そういうことではないのです。誰にもいえないよんどころない事情ができて、お前さんと別れるより他なかった。わたしはあれからずっと人里離れた山奥で暮らしていました。でももう一度お前さんに会いたくて……。千里の道を飛んできました」

捨吉を見つめるおりょうの目には涙がにじんでいました。

「おりょう、三年前、お前のほうで俺を棄てたんじゃなかったのかい？」

「そうじゃない！　そうじゃないの。わたしは棄てられるのが怖かった」

捨吉はいぶかしげにおりょうを見つめました。しかし、おりょうのいっていることの意味がその時の捨吉には分かりませんでした。

「もういい。今までのことはもういい。おりょう、また二人で一緒にやっていこう。お前がいなけりゃあ、俺は……。神仏に誓ってどんなことが起ころうと俺はお前を棄てたりはしない。そんなことあるはずないじゃないか」

と、捨吉はきっぱりといいきったのです。

おりょうは微かに震え出したとみると、ぼろぼろと涙をこぼしました。おりょうのその顔を見て、捨吉の顔は青ざめ凍《こお》りついたようになりました。おりょうの顔は涙で目も鼻もとろりととけてしまっていたのです。と、そこへ一陣の風が吹いたとみると、おりょうの美しかった黒髪はまたたく間に抜け落ち、空へと舞い上がり闇の中へ消え去ってしまいました。後にはおりょうののっぺりとした卵のような顔が残っているだけだったのです。それでもおりょうは目がないのに捨吉を見つめ、口がないのにしゃべったのです。

「お前さん、私がこんな風になってしまっても、それでもさっきいったことを、二人で一緒にやっていこうと、もう一度いってくれるかい？」

おりょうの笑っているような、またしのび泣いているようにも聞こえるかすれた声がうずまくように響いてきたのでした。そんな変り果てたおりょうの姿を見た捨吉は——。

この話は奥秩父に伝わる話をある無名作家がまとめたものですが、ここで急にとぎれています。話の続き、結末は作者の頭の中にだけあったのか、何かしらのよんどころない事情で書けなくなってしまったのでしょう。あるいは作者自身がこの後どういう結末にしたらよいか、分からなくなってしまったのかもしれません。また、あるいは元々の話がここまでだったのかもしれません。

「むじな（怪談）」より

二人妻

とある山の麓の村はずれに、若い男が妻と赤ン坊との三人で暮らしていました。男は妻とわずかな田畑を耕していましたが、それだけではなかなか食べていけませんでした。そこで男は冬場には、都の杜氏《とうじ》のところへ出稼ぎにいきました。それは妻を娶《めと》る前からもやっていたことでした。

その年、男は出稼ぎを終え、そこそこの銭を懐《ふところ》に妻子の待っている村へ帰ろうとしていました。けれども村まではまだ何日もかかります。

そんな帰りの道中のある昼下がりです。道端の名残雪《なごりゆき》の間からはつくしが顔を覗かせ、風はどこか春のにおいがしました。男は歩き続けのどが渇いたので、茶店《ちゃみせ》に立ち寄りました。店の主人が持ってきたお茶を飲もうと、口元へ湯呑みを持ってきた時でした。湯呑みの中の黄色っぽい茶の表面に、にじみ出るように若く美しい女の顔が現れたのです。辺《あた》りを見回してみましたが、誰もいません。女の顔は驚くほどはっきりとお茶に映っています。見知らぬ顔でした。目鼻立ちが整い、まるで生きている人のような顔です。男はうす気味悪くなりお茶を捨て、湯呑みをひっくり返してみたりして調べてみました。しかし、ただの安物の湯呑みで、別に絵柄などもありません。そこで別の湯呑みを借り、自分でお茶を注いでみました。するとまたしても先ほどの女の顔が茶の表面に浮かんできました。しかも、女は誘うように微笑んだのです。

「おのれ、こしゃくな！」

男はそのお茶を一気に飲み干してしまいました。その後、店の主人にそのことを話すと、

「お客さま、飲みこんでしまわれたのですか。そうすると、あなたさまはきっとその女と懇意になることでしょう」

などというのでした。男は聞きました。

「ということは、それは縁起が良いということなのでしょうか？　茶柱が立っているのを飲むと縁起が良いというように」

「さあ、縁起が良いか悪いかは手前どもには分かりませぬが」

などと、主人はお茶を濁すのでした。一方男には、自分は化け物を飲みこんでしまった

のかもしれぬ、という怖《おそ》れも起こっていました。

その夜、男は多少稼いでもいたので、いつもの木賃宿ではなくそこそこの旅籠《はたご》に泊まることにしました。

男が風呂から部屋へ戻ると、誰か部屋にいます。「誰だ⁉」と驚いて問いかけました。

「私でございます。まさか見覚えないとは……」

振り返った女の顔が、行灯《あんどん》の明りで何とか見え、男はぎょっとなりました。それは昼間茶店でお茶に映った女の顔だったのです。

男は行灯を間に、女と向き合いました。女はあごが細く、色白で繊細な顔立ちでした。美しい女だとはいっても十分警戒せねばならないのは明白でした。男はしっかり落ち着くように自分にいい聞かせ、できるだけ穏やかな口調で切り出しました。

「一体どのような御用件でしょう？」

「あなたは先ほど、私を飲みこんでしまわれましたね」

男は改めて女の顔をまじまじと見つめました。

「私を飲みこんでしまったからには、それ相応の……」

「金《かね》でも出せと？」

女は口元に微笑みを浮かべ、

「金《かね》などで済むとお思いですか？」

「では、どうしろと？」

女は挑むような、また色っぽい眼差しで男を見つめ、こともなげにいいました。

「私と夫婦の契りを結んで下さい」

男は驚いて女を見つめました。

「しかし、私には……」

と、男はいいかけ口ごもりました。女は妻より少し若く、また美しさでも一枚上のようでした。妻も色黒とはいえ、村一番の美人といわれていたのですが。男はとっさにいいました。

「私には村にいいなずけがいるのです」

女は誘うような眼差しを向け、

「そんないいなずけなど……」

男の心は揺らいでいました。女の身なりを見ても、それ相応のちゃんとした生活をしているようです。この女と一緒になったほうが豊かな生活を送ることができるかもしれません。

こうして男は、この若く美しい女と一緒になることにしたのでした。女は街道すじで小間物屋をやっていました。美人のせいか、そこそこ繁盛していました。男は女の仕事を手伝ったり、また器用だったので自分も扇子をつくって、それも売ったりしました。

しかし、半年ほど経つと、男は急に元の妻子のことが気になってきました。自分がいなくなって二人はちゃんと食べているでしょうか。もう季節は夏も終りになっていました。田畑での仕事はなかなか金《かね》にはなりませんが、種子をまきやがて稲や野菜が育っていくのを見るのはそれなりの喜びがあります。ここでの生活は女が中心で、仕事そのものは楽なのですが、自分は女の従にしかすぎないような気もします。

この女の洗練されたなめらかな白い肌も魅力的でしたが、またしばらく会わないでいると妻の小麦色に日焼けした肌もなかなかでした。また赤ン坊を抱いたあの時の感触も懐かしく思い出されたのです。

女にこれといって不満がある訳ではないのですが、男はだんだん憂うつな気分になってきました。

そんな夏も終りに近づいたある夜、男は女に本当のことを打ち明けました。自分には妻子があるのだということを。そして、妻子のもとへ帰りたいといったのです。女はさめざめと泣きました。気の強い女だと思っていたので、男には少し意外でした。最近の男の様子から、女はうすうす何か予感がしていたようでした。女は目を伏せていいました。

「いつか別れの日がくるとは思っていましたが、こんなに早くくるとは……」

そして、またこうも付け加えました。

「戻りたければお戻りなさいませ。けれど、もうかなりの時が経っているのですよ。あなたにとっての数ヶ月は、相手にとっては数十年に匹敵することだってあるかもしれないと、考えたことはないのですか」

男には女のもの言いが少し不気味な感じがしました。昔からの言い伝えに、ある男が山に遊んで数日経って戻ってみたら、その村ではすでに数十年の歳月が流れていて、すでに親兄弟や知り合いは皆とっくに亡くなっていたという話もあります。


夏の終り、男はそこそこの金《かね》を懐に家路を急いでいました。村に着く頃にはすっかり闇が辺りをおおっていました。

半年ほども家を空けていて、妻子は無事でしょうか。ちゃんと食べていたでしょうか。

男はいまさらながら心配になってきました。

と、闇の中に微かな灯りが見えました。そこは男の家のある辺りにまちがいありません。ところが、いくら歩いても歩いても、灯りは小さなままでいっこうに大きくならず近づいている感じがしないのでした。こういう晩には狐が美しい娘に化けて現れ、酒と偽りおしっこを飲ませるという話も聞いていました。しかし、別に美しい娘も現れませんでした。そんなことを考えているうちに、ふと気づくと男はすぐ自分の家の前まできていたのです。男は狐にでもつままれているような気がしました。

やはりそれはまちがいなく男の家でした。暗い中ですが、前とほとんど変わっていないように見えます。

男は自分の家の前でしばらく佇《たたず》みました。妻に会って何といえばよいのか、不安だったのです。妻はもう新しい旦那と一緒に暮らしているかも分かりません。よからぬ考えが浮かんでは消え、消えては浮かびました。

男は思いきって玄関の戸を開けてみました。戸は以前と同じようにガラッと開きました。男は妻の名を呼んでみました。一瞬、返事はないのかと思いました。が、次の瞬間、いつもと変わらぬ妻の声が聞こえ、玄関が明るくなるとともに、中から妻が現れたのです。そして、何ごともなかったかのように、男ににっこりと微笑んだのでした。やはり妻だってあの女に負けず美しいと男は思いました。男は妻と久しぶりにひしと抱き合いました。妻はいままで嗅いだことのないようなよい匂いがしました。男は、長く家を空け済まなかった、といい、何かいいわけをしようと思ったのですが、妻はそんなことというような素振りで、男をあたたかく迎えてくれたのでした。結局、男がいくつか考えてきた自分ではよくできていると思うつくり話は無用でした。

「今日あたり帰ってくるような気がして、ごちそうの準備をして待っておりました」

などと妻はいうのでした。男は部屋へ上がり、そこで寝ていた赤ン坊を抱いてみました。赤ン坊は男を見てにこにこと笑いました。きっと男の顔を忘れていなかったのでしょう。男はしみじみと家に帰ってきてよかったと思いました。その様子を傍らから見ていた妻が、

「さあ、あなた先に風呂にでも入って下さい。ちょうど家の外に露天風呂が」

お湯の湧き出るところが最近近くに見つかり、そこから引いてくるのだということです。

「どうだ、お前も一緒に。久しぶりにいいじゃないか」

「いえ、私は夕餉《ゆうげ》の仕度が。それに赤ン坊も」

「そうかい」

湯かげんもよく、男は風呂につかりながら幸福な気分に浸りました。
やがて風呂から出て、男は赤ン坊を抱き、焼き魚を食べながら酒を飲みました。酒は出稼ぎ先で飲んだできたての酒よりも旨く、口の中でとろけるようで、とてもこの世のものとは思えませんでした。
その夜、男は赤ン坊を真ん中にして妻と三人で川の字になって寝ました。男はふと赤ン坊が以前最後に見た時から、少しも成長していないように思い何だか不思議な気がしました。もうそろそろしゃべり始めてもいい頃なのでは、とも思いました。

次の日の朝になりました。障子の破れ目から朝陽がもれています。天井には蜘蛛の巣が所狭しと張られています。荒れ果てたかびだらけの土間の床板の上に、男が糞尿にまみれ、妻と赤ン坊の骸骨を抱きかかえて、深く眠っているように死んでいました。いや、死んだように深く眠っているのでしょうか。けれども満ち足りた幸福そうな顔であることにはまちがいありませんでした。

「茶碗の中（骨董）」と「和解（影）」より

衝立《ついた》ての娘

江戸の日本橋の裕福な呉服屋の次男坊に銀次郎という若者がいました。両親があいついで亡くなった後、長男の忠太郎が跡を継ぎ、銀次郎も莫大な遺産の一部を譲り受けました。銀次郎は、忠太郎が兄弟で力を合わせ家業を一緒にやっていこうというのを頑《がん》として拒み、あり余る金《かね》で一生遊んで暮らそうと決めたのでした。

銀次郎は新しく家を建て、春は桜、夏は花火、またふだんは芝居見物などを十二分に愉《たの》しんだのでした。また浮世絵の蒐集《しゅうしゅう》などもしていました。毎晩、寿司や鰻《うなぎ》などのご馳走を食べ、京都から特別に取り寄せた伏見の酒を飲んでいました。

けれども、銀次郎は金《かね》の計算もしっかりできていたので、金《かね》は増えこそはしなかったものの、どんどん減るという訳ではありませんでした。金は適当に人に貸し、適当に利子を取っていたのです。銀次郎はただ地道に働くのが嫌いなだけでした。色白のそこそこの二枚目で、また、金遣いが上手《うま》かったので、町娘たちにもけっこうもてていました。

そんなある夏の夕方、銀次郎は近所の町娘と芝居見物をして娘を家へ送った後、町はずれのうらぶれた骨董屋の店先を通りかかりました。その時、ふとそこに陳列してある衝立てに目がとまりました。その衝立てには十七、八歳くらいの若い娘の絵が等身大で描かれていました。

銀次郎はその絵の中の娘にすっかり魅せられ、しばらくじっと見入っていました。すると、店の主人が奥から現れ、

「どうです、若旦那？　これは掘り出し物だがね」

「ええ」

銀次郎は肯《うなず》きました。値段を聞いてみると、かなり高価でしたが払えない額ではありませんでした。銀次郎はさっそくその衝立てを買い上げ、家に持ち帰りました。

銀次郎はその衝立てを奥の間に飾り、つくづくと一人で見てみました。それは精緻《せいち》な絵で目や口の細かいところまで、みごとに真に迫るように描かれているのです。口元は愛くるしく、その顔立ちはたとえようもないほどだったのです。その絵の中の娘は生き生きとしていて、話しかければちゃんと返事をしてくれそうでした。銀次郎が今までつきあった

どの町娘よりも、また遊郭で遊んだどの女たちよりも格段に美しく思えたのでした。この迫真の描写力からして、この衝立ての絵は相当に腕のある絵師が実在の娘を描いたものにちがいありません。

銀次郎はすっかりこの絵の中の娘の虜《とりこ》になってしまいました。寝ても醒《さ》めてもこの娘のことばかり考えているようになってしまったのです。どうせ無駄とは思いながらも絵の娘に語りかけたり、まるで重病人のようになってしまったのでした。「お医者さまでも草津の湯でも――」というのはこういうことをいうのでしょう。

銀次郎がすっかり引きこもりのようになってしまったということを知った兄の忠太郎は心配して、家が代々檀家となっている白龍寺の住職日念和尚に来てもらいました。日念は背が高く鶴のようにやせた高齢の僧侶でした。銀次郎はしかたなく事情を日念に正直に話しました。

日念はその衝立ての娘の絵を見て驚きました。

「この絵は菱川春岳という京の高名な絵師が描いたものじゃ。もう何十年も前に亡くなっておるがの。この絵は菱川春岳の代表作でもある」

日念は絵画にも詳しかったのです。

「この絵に描かれている娘は、名をおしずといい当時まさに芳紀十七歳、若さと美しさにはじける年齢《とし》だったのじゃ。しかし、おそらくこの娘ももう生きてはいまい。もし生きておったとしてもそれ相応の年齢《とし》になっておることじゃろうて」

それから日念はその衝立ての値段を聞き、銀次郎がそれをいうとまた驚きました。その衝立てはそんな値段で買えるようなしろものではなく、少なくともその何十倍もの価値があるというのです。描かれた娘は三国一といわれるほどの美人であり、また描いた絵師が当時美人画を描いては喜多川歌麿と並ぶほどといわれた菱川春岳だったため、このような傑作が生まれたのでしょう。この絵の中の娘に恋焦がれる若者がいるのもいたしかたあるまいと日念は心中思いました。日念はいいました。

「お前はどうしてもこの娘と会いたいというのか？　じゃがの……」

それから日念は困ったものだという眼差しで、

「恋などというのは後から振り返ってみれば金魚の屁のようなもの。そんなことよりもっと他にやることはないのか」

側で忠太郎も肯いています。

「お前は金貸しのようなことで生計を立てているらしいがそんなことではの」

お説教が始まるのか、これはちょっと困ったと銀次郎は思いました。

「若いと思っている時はほんの一瞬の花火のようなもの。人は皆、或る年齢《とし》を超えると坂道を転がるように老いていく」

銀次郎はうつむいたままでした。日念は続けました。

「お前の親御さんも、特に銀次郎、お前のことは心配しておった。今のような状態も困ったものじゃが……」

と、日念は言葉を切り、しばらく銀次郎をじっと見つめてから、

「どうじゃ？　お前はどうしてもこの絵の娘に会いたいのか」

「はい」

銀次郎はそれだけははっきりと答えるのでした。

「絵の中の娘をこちらへ呼び出すのは不可能なことではないが、それはどう考えても尋常なことではない。わしにも予想できぬほどの大変なことが起こるやもしれぬ。銀次郎、お前にそれほどの覚悟はあるか」

銀次郎はきっぱりと答えました。

「はい。命がふたつあればふたつとも、みっつあればみっつとも、いくつでもあるだけこ

の娘のためならささげる覚悟はあります」

「まあ、ひとつで十分じゃが。若いというのは愚かなこと、自分にはこの女しかいないと本気で思ってしまう」

と、つぶやくようにいった後、日念は一瞬目をつぶり考えた後、

「じゃが、お前がそれほどまでにいうのなら、さっそく絵の中の娘を呼び出すための準備をしよう。若い娘の好きなものは何じゃ？」

銀次郎は少し考えてから、

「それは、若くていい男かも……」

といって、自分ならそこそこ当てはまるのではないかと思いました。

「馬鹿！　和尚さまはそういうことを聞いているのじゃなく」

忠太郎が叱りました。

日念は全くしょうのない奴だといった目で銀次郎を見て、

「若い娘が好きなのは、やさしい言葉と甘いものじゃろう。甘い菓子と茶を用意せよ。そして、その衝立ての前で、やさしくその娘の名を呼ぶのじゃ。女は皆、やさしい言葉と甘いものに弱い。娘はすぐに絵の中から出てくるとは限らんが、何度も何度もあきらめずに

やってみよ。そうすればいつか必ずお前の想いは通ずるじゃろう」

そういって、日念と忠太郎は帰っていきました。

その夜、銀次郎はさっそく上等なようかんと、これもまた京都からの最高級の宇治茶を用意しました。そして、衝立ての前に座り絵の中の娘を見つめながら、「おしずさん、おしずさん」と何度も何度もやさしく呼んでみたのです。

しかし、その日は娘は絵の中に貼りついたようにぴくりとも動きませんでした。けれども銀次郎は決してあきらめませんでした。習字や算盤《そろばん》などの稽古ごとは何事も三日坊主で長続きしないのですが、こういうことに関しては粘り強く忍耐力があるのでした。

幾晩も幾晩も何の変化もありませんでした。それでも銀次郎は、自分の生い立ちや日々の暮らしの様子などを、絵の中の娘にやさしく語りかけました。それはもちろん自分を実際より立派な若者に見えるように多少脚色されてはいましたが。

そんなある晩、銀次郎が今宵《こよい》もやはりだめだったかと、お茶やようかんを片付けようとした時、ふと絵の中の娘が微笑んだように見えたのです。

「おしずさん！」

銀次郎は思わず叫んで絵の中の娘を見つめました。しかし、じっと見ていると娘はやはり絵の中の娘でしかなく、元の静かな表情のままでした。微笑んだように見えたのは、自分がそうあってほしいと思うが故の錯覚だったのでしょう。そもそも日念和尚のいうことなど当てになるのでしょうか。単にからかわれているだけかもしれません。

銀次郎はお茶などを下げようと、衝立てに背を向けました。その時でした。「銀次郎さん」と小さな低い声でしたが、銀次郎を呼ぶ声がたしかにはっきりと聞こえたのです。銀次郎は驚いて振り返りました。しかし、絵の中の娘には何も変化がありません——と、初めは思ったのですが、じっと見つめているうちに娘が微かに動いたように見えました。それはまちがいではありませんでした。銀次郎は目を疑いました。絵の中の娘はほのかに明るくなり、ふっと微笑むと小波《さざなみ》ひとつない水面から現れるように、すうっと絵の中から抜け出てきたのです。日念和尚のいっていたことは嘘ではなかったのでした。

絵から抜け出てきた娘はこの世のものとは思えない美しさでした。

「銀次郎さん」

今度ははっきりと娘の声が聞こえました。鈴を震わすような声でした。

「おしずさん……」

銀次郎の声は少し上ずっていました。

けれども若い二人です。一緒にお茶を飲んで話しているうちにしだいにうちとけていったのです。やがて、夜も更けていきました。おしずがいいました。

「私はもうそろそろ帰りとうございます」

「え？　どこへ」

「もちろん絵の中へです」

「今夜だけでもこっちへ泊まっては？」

「いえ。またよろしければ遊びに来ますので」

その夜、おしずは絵の中へ帰っていってしまいました。しかし、その後もおしずはしょっちゅう絵の中から抜け出てきて、銀次郎のところへ遊びにくるようになったのです。

けれども、おしずは美しいだけあってわがままでした。銀次郎がいくら会いたく思い、上等な菓子などを用意しても気が向かなければ、つんと澄ました顔で絵の中に閉じ籠《こ》もったままでした。そんな時の絵の中のおしずの顔は驕慢《きょうまん》さがにじみ出ているようでした。

ある晩、銀次郎は久しぶりに絵から出てきたおしずとお茶を飲みながら、

「ねえ、おしずさん、もう絵の中なんかに戻らずに、こちら側で私と一緒に暮らしましょうよ」

「でも、銀次郎さんはじきに私のことなどお飽きになられて、また他の若い娘の尻を追いかけるのではなくて？」

「私は生きている間は決してそんなことは――」

と、銀次郎はきっぱりといいました。

「では、それから後は？」

と、おしずは真面目《まじめ》な顔をして重ねて聞くのでした。この頃、たとえ離婚はせず夫婦として何十年も一緒に過ごしても、同じ墓には入りたくないという者もけっこう多かったのです。

「たとえお墓に入っても、おしずさん、私はあなたひとすじです」

「それはそれは……」

おしずは疑い深そうに銀次郎を見るのでした。

「お言葉だけはありがたくちょうだいしておきましょう。もう遅くなりました。ともかく今宵《こよい》はこれにて」

おしずが銀次郎に背を向けた瞬間でした。銀次郎はすばやく衝立ての前に回りこみ、両手を広げ仁王立ちし通せんぼをしたのです。おしずは驚いて、

「何をするのです⁉　私を絵の中へ帰して下さい」

「いいえ、おしずさん、もうあなたを絵の中へは帰しません。どうか、私の気持ちを分かって下さい」

「何を分かれというのですか⁉」

「私がこんなにもあなたのことを想っているということをです。私の愛を、です」

二人はしばらくもみ合いましたが、力でおしずが銀次郎に敵《かな》う訳がありません。銀次郎はおしずを軽々と抱きあげると、外へ連れていき、土蔵の中へ押し込めたのです。おしずはいいました。

「こんなことをすると、私はもう二度とあなたと会ったりしませんよ」

「いいえ、毎日会っていられるようにこうしたのです」

おしずは銀次郎を睨《にら》むように見ています。

「おしずさん、あなたは気まぐれです。いつも自分の好きな時しか現れない」

そういうと、銀次郎は土蔵の重い扉を閉め、頑丈な錠前を掛け、母屋へ戻ってしまいました。

後に残されたおしずは蔵の中を見回しました。四方を厚い壁に取り囲まれていました。

上の方に明り取りの小さな窓があるだけでした。その窓から射し込む月の光で中の様子がいくらか分かるだけです。蔵の中には上等の長持ちなどが置かれているだけでした。

おしずはしばらく途方にくれていました。けれどもおしずはただの若い娘ではありません。立ち上がると、意を決し壁に触れお経を唱えながら押しました。しかし、壁はびくともしません。おしずはしだいにお経を激しく唱えながら、あるだけの力を振りしぼり両手で壁を強く押しました。額には玉のような汗が浮き出しました。するとどうでしょう。おしずの手が厚く固い壁に少しずつめり込んでいくのです。やがて、手ばかりでなく腕が、そして身体全体までが壁の中にめり込んでいくのでした。

蔵の外では厚い白壁から、若い娘の白い手が、腕が、やがてその身体全体が少しずつ徐々に抜け出てきたのです。身体全体がやっと厚い壁の外へ抜け出ると、おしずはふうっと苦しそうに息を吐きました。月の光がおしずの影をくっきりと地に映し出していました。

翌朝、銀次郎は目覚めるとすぐ蔵へいってみました。錠前を開け、中へ入るとおしずがいないので驚きました。蔵の中をすみずみまで、長持ちの中まで調べてみました。銀次郎にはおしずがどうやって蔵の外へ出たのか分かりませんでした。

銀次郎は慌てて外へ飛び出し、おしずの名を叫びながら、死に物狂いで街中を探し回りました。しかし、おしずの姿はどこにも見当たりませんでした。

銀次郎はふと思いつき家へ戻りました。すぐに奥の間の襖を開けると、衝立ての絵の中におしずはきちんと戻っていたのでした。けれども、おしずの眼差しは咎《とが》めるような冷たい眼差しでした。

「許しておくれ。私が悪かった」

銀次郎は膝を折り両手をついて、絵の前で頭を下げました。しかし、おしずは冷たく銀次郎を見据《みす》えていました。もうおしずはこのまま永遠に絵の外に出てくることはないのかもしれません。

けれども、銀次郎はあきらめませんでした。その夜から、今度は上等の酒と刺身などのつまみを用意したのです。そして、毎晩衝立ての前で酒を飲みながらおしずに謝ったのです。

「もうあんなことは決してしない。だから、また絵の中から出てきておくれ。おしずさん、もうあなたも大人なんだし、甘い菓子なんかじゃなく一緒に酒を飲もうよ。二人で飲めば酒もうまくなるし心もうきうきするよ」

銀次郎はまたこうもいいました。

「おしずさん、あなたは心の広い優しい女《ひと》だ。私のような者でもきっといつかはまた受け入れてくれると思ってるよ」

それから銀次郎はさめざめと泣くのでした。おしずのほうでも、絵の中でひとりでいるのが寂しかったのかもしれません。また、「信じちゃならぬはお上《かみ》の言葉と男の涙（男の涙ということは女の涙ということもありますが）」という警句を知らなかったのかもしれません。おしずはついにまた絵の中から抜け出てきたのでした。

「おしずさん！」

銀次郎の顔はぱっと明るくなりました。しかし、今度はおしずは警戒していました。衝立てに近い方へ銀次郎と適当な間合いをとって座りました。

銀次郎は蔵に閉じ込めたことを、平謝りに謝りました。また、おしずは絵の中から抜け出たように壁から抜け出たことを、おしずから聞きました。

酒を飲みかわすうちに、二人はまたうちとけていきました。おしずはもう過去のことにはこだわらず、銀次郎を許してやろうという気持ちになっていました。

しだいに夜も更けていきました。銀次郎はおしずにどんどん酒を飲ませました。おしずが微かに眠気を催し、ついふらっと頭が動いたその瞬間でした。銀次郎はさっと立ち上がり、素早くおしずの後ろに回りこみました。

「銀次郎さん……⁉」

「おしずさん、もう絵の中には戻らないで下さい」

銀次郎はおしずに有無をいわさず抱きかかえると、外へ出て再び土蔵の中に押しこめたのです。そして、予め準備しておいた手鎖、足鎖を無理矢理おしずに付け、柱に結わえつけたのでした。おしずはいいました。

「何故こんなことを⁉　これが私を想っているということなのですか？」

銀次郎は平然と答えました。

「真底想っている女を自分のものにしたいと思ったら、男なら誰でもこんなことを考えているものなのですよ」

それから銀次郎は宣告したのです。

「私はこれからあの衝立てを燃やしてしまいます。そうすれば、おしずさん、あなたは絵の中に戻れなくなる。私と一緒に一生こちらで暮らしましょう。金《かね》なら十二分にあります。いくらでもおいしいものを食べてけっこうです。欲しいものは何でも買ってさしあげますよ」

おしずの顔は青ざめました。

「おやめ下さい、衝立てを燃やすなどと……。衝立てが燃やされたら、作者の菱川春岳という天下一といわれた絵師がどんな気持ちがするか……。すでに亡くなっている方とはいえ、ただで済むとお思いですか？　きっと大変なことが起こりますよ」

「それじゃ、何が起こると？」

「それは私にも分かりませんが」

銀次郎は笑っていいました。

「そんなことをいって、私を脅かそうと思っても無駄ですよ。絵など燃やしてしまえばただの灰。おしずさんが絵の中に戻れなくなるだけでしょう」

銀次郎は近くの河原へ衝立てをもっていき油をかけ火を点けました。衝立ては勢いよく炎をあげ瞬く間に燃え尽きてしまったのでした。

銀次郎は帰途、おしずは不思議な力を持っているので、もしかしたら鎖を外しまた逃げ出してしまっているのではないか、とふと思いました。しかし、もう衝立ては燃えてしまっているのですから、戻る場所はないはずです。どこへ逃げても見つけ出すのはたやすいことだろうとも思いました。

銀次郎は帰宅し、急いで土蔵の扉を開けてみました。おしずはちゃんと中にいたので、銀次郎はひとまずほっとして声を掛けました。

「おしずさん……？」

しかし、おしずの様子が何やらおかしいのです。おしずは「はい……」と答えると、少しぎこちなく振り返りました。おりしも窓から月の光が射し込み、おしずの顔を照らし出しました。それを見て、銀次郎は「ああっ……!?」と思わず声にもならない声をあげたのです。おしずは、目は落ちくぼみ、歯は抜け落ち白髪の老婆になっていたのでした。と、どうしたことでしょう。銀次郎自身も膝ががくがくと疼き出し、壁か柱につかまっていないとちゃんと立っていられないのです。目はしょぼしょぼとなり霞み始めました。頬はこけ髪は抜け落ちていきました。銀次郎は何が自分の身に起こったのか、しばらく分かりませんでした。

やがて、おしずがひっひっひと笑いながら低いしゃがれた声でいいました。

「銀次郎さん、私も覚悟を決めました。こうなってしまったからには最後まで添いとげましょう。といっても、お互いもうそれほど長くはないかもしれませんけど。お墓の中に入ってもずっと仲良くしましょうね」

「衝立ての娘（影）」より

蝦蟇《がま》の恋

江戸川の川辺に近い所に優作という若い男が、兄銀造とその妻お夏と一緒に住んでいました。優作の家は大きな米商人ですが、すでに両親はなく、銀造が後を継ぎ商売を営んでいます。

優作は子どもの頃は寺子屋で熱心に学び、けっこう優秀な成績を修めていました。ところがある日、何故かはよく分からないのですが、ふと急に吐き気を催し、それ以来寺子屋へ通えなくなってしまったのでした。ほとんど引きこもりの生活はすでに十数年に及び、優作は来春三十歳になります。たまに店の仕事を手伝うこともありますが、一日の大半を浮世草子や洒落本《しゃれぼん》を読んだり、また浮世絵を見たりして過ごしていました。

店は十数名の使用人を雇い、この辺《あた》りではかなり大きく、お夏も熱心に店の仕事を手伝っていました。

父親は優作のことを心配しながら、すでに数年前に亡くなっています。それからほどなく母親も後を追うようにして他界したのでした。

銀造はしっかり者でよく働きました。商売上手で目先が利き、時期をよくみて米を買い占め莫大な利益をあげたこともあります。またお上に多額の献金をして武家の力も利用しようとするなどの賢さもありました。

ある晩、銀造は優作に諭《さと》すようにいいました。

「優作、お前は何故働こうとしない？　お前と俺とで力を合わせれば、この店をもっと大きくすることもできるだろう。江戸一番の商家にすることだって夢ではあるまい」

優作は困ったように下を向いたままでした。

「お前は実際の世の中には役立たないような本ばかり読んでいるから、ものの考え方が少しおかしくなってしまったんじゃないのか？」

優作は自分がただ兄の世話になり、何の働きもないことを思うと何もいえませんでした。

そんなある夏の夕方、優作は川辺を一人で歩いていました。いつからか橋の下には無宿者がござを敷き住んでいました。本物か竹光《たけみつ》かは分かりませんが、一応刀は差しています。

この頃は大名の取りつぶしが多く、その後無事再仕官できなかった者が、大勢江戸方面へ流れてきていました。おそらくそういった浪人者の一人なのでしょう。商家などでも不況のため雇い人を解雇することが多かったのです。江戸の町には多くの乞食があふれていました。飢死した者の遺体が道端に転がっているのもまれではありませんでした。遺体にはこもが被せられ、お上の役人が大八車で運んでいき始末しました。

　優作がふと見ると、河原で小さな子どもたちが何やら騒いでいます。子どもたちは大きな醜い蝦蟇がえるを棒で突ついたり、小石をぶつけたりしているのでした。蝦蟇がやっと川へ近づき水の中へ入ろうとすると、執拗《しつよう》に棒で河原の方へ押しもどすのです。優作はついに見咎《みとが》めていいました。

「子どもたち、いいかげんにしな、蝦蟇をいじめるのは」

　子どもたちはびっくりしたように振り返って優作を見ました。しかし、すぐにその中では一番年かさらしい子どもが、

「放っといてくれよな、俺たちはただ遊んでいるだけなんだから」

「もっと他の遊びをしたらどうなんだ、鬼ごっこでも相撲でも」

「いいじゃないか、これが一番面白い遊びなんだから」

他の子どもたちも口々に優作に文句をいいました。

「蝦蟇なんていじめられるために生まれてきたようなもんじゃないか」

「こんな不細工で醜い蝦蟇、いじめて何が悪いんだい？」

優作はいいました。

「でも、この蝦蟇が皆に何か悪さをした訳じゃないだろ？」

子どもたちは優作のいうことなど、なかなか聞きません。

「それにさ、おじさんには関係のないことじゃないか」

「おじさんじゃなくて、おにいさん。しょうのない子どもたちだな」

優作はどうしたものかと少し考えてから、懐から巾着を取り出しました。子どもたちはとたんに目を輝かせました。

「これで団子でも何でも買って食うといい」

優作は子どもたちに小銭を配りました。

「おにいさんって案外良い人なんだね。俺、何だか好きになっちゃったよ」

などと急に態度を変える子どももいました。けれども中には、

「金持ちって何でもすぐ金《かね》で解決しようとするんだな。まあ、いいけどよ」

などとなまいきな口をたたく子どももいたのです。でも、ほとんどの子どもたちは小銭を胸に抱くようにして嬉しそうにその場を離れていきました。

優作は蝦蟇を振り返り、どうせ言葉は通じないと思いながらも、

「さあ、お前ももう水の中へ帰るといい。これからはもう子どもたちに見つからないように気をつけるんだよ」

すると、優作のほうを見ている蝦蟇の目が、心なしかうるんでいるように見えました。またよく見ると不思議なもので、蝦蟇自体がそう醜い生き物でもないのではないか、と思えてくるのでした。

水の中へ入っていく蝦蟇の後ろ姿を見ながら、優作は自分もまた子どもの頃、虫を面白半分に意味もなく殺したことがあるのを思い出しました。蟋蟀《こおろぎ》を自分の着物に食いつかせ胴体を思いきり引っぱり、首をもぎとりました。優作はそれをやはり遊びだと思っていたのでした。

それから数日経った夕暮れ時です。優作はまたいつものように川辺を歩いていました。ふと気づくと、川辺の柳の陰から若い娘が優作のほうをじっと見ていました。見知った娘かと思いましたが、近づいてみると見も知らぬ娘でした。しかし、娘のほうでは見知って

いるかのように、ためらいながらも微笑んで優作に近寄ってくるのでした。よく見ると、すらりと背の高い清楚な感じの美しい娘でした。娘は恥ずかしそうに目を伏せながらもはっきりした口調でいいました。

「私は以前あなた様に親切にして頂いた者でございます」

娘の顔をまじまじとよく見ると、たしかにどこかで会っているような気もしました。子どもの頃にでも何か関わりがあったのかもしれないと優作は思いました。

「今宵《こよい》、私の宅へおいで下さりませぬか」

優作はとまどいながら娘を見ていました。

「私の両親も是非にとのことです。一緒においで下さいませ」

優作は娘の美しさにただ見とれているばかりでしたが、娘はそれを承諾したものと思ったのか、先に立って歩き出しました。ところが、何と娘は河原へと下りていくのでした。考える間もなく、優作の足はひとりでに娘の後を追って歩き始めたのでした。この川は少し先から急に深くなっています。娘は水の中に片足を入れながら、後ろでとまどっている優作を見ると、

「何も怖《おそ》れることはございません。大丈夫ですよ」

優作の袖をとり、当たり前のように水の中に入っていくのでした。

優作は娘とともに夢の中にでも入っていくように、水の中に入っていきました。不思議なことに体は濡れもせず、また寒くもありませんでした。息もふつうにできるのです。水の下には砂利道があり、そこを娘に手をひかれ、優作は通りぬけていきました。すると、先の方に小ぎれいな屋敷がありました。それが娘の家でした。

玄関では娘の両親が出迎えてくれました。娘の母親は上品で優しそうな感じの初老の女です。父親の方は大柄で額のはげ上がった穏和な感じの老人です。

部屋に入ると、そこにはもう御馳走と酒が用意されていました。皆で酒を酌み交わし、鮎の塩焼き、しじみのみそ汁、水草の天ぷらなどの料理を味わいました。一家は川の中で魚や貝、また水草をとったりして生活しているということでした。その他よもやま話で盛り上がり時の経つのはあっという間でした。気づいた時には夜明けが迫ってきていました。

娘の父親がいいました。

「夜明け前にお戻り下さい。そうでないとあなた様の家人に不審に思われましょう。そして、またおいで下さい」

優作は肯《うなず》きました。娘の母親がいいました。

「それから、このことは秘めごととして、誰にもお話しになりませぬよう――。もし万一お話しになるようなことがあれば、もう二度と娘とは会えなくなるかもしれませぬ。またあなた様は世間から狂人といわれましょう」

優作はこのことは決して誰にも話さないと約束しました。

優作はまた娘に手をひかれ、水の中から外へと出たのでした。

その後、優作は何度も川底のその家を訪ねました。優作が毎晩のように出かけ、ほろ酔い気分で深夜に帰ってくるようになったので、銀造は優作に女でもできたのか、と不審に思いました。今まではまるで女っ気がないようだったので、それもまた困りものだとは思っていたのですが。悪い女にでもひっかかっているのではないか、と心配した銀造は、ある日お夏に優作のあとをつけさせました。

お夏の報告を聞き、銀造は驚きました。何と優作は遊郭に遊びにいくのでもなければ、またどこかの女の所に通うのでもない。優作は醜い蝦蟇と仲むつまじく、川の中へ入っていったというのです。これは蝦蟇の妖怪に惑わされているにちがいない、と銀造は思いました。あの川の蝦蟇が若い男をたぶらかし生き血を吸うという話は、昔から聞いていました。銀造は優作を呼び、お前は蝦蟇の妖怪に惑わされているのだと一生懸命諭しましたが、優作は頑《かたく》なに下を向いて黙ったままでした。銀造は優作が蝦蟇と会えないよう二階の一室に閉じこめ、腕っぷしの強い若い衆を交互に見張りにあたらせました。

優作はあの美しい娘が本当に蝦蟇の化身なのだろうか、と半信半疑でした。しかし、水の中に棲んでいたことを考えればたしかに怪しくも思えます。けれども、数日間部屋に閉じこめられていると、またあの娘に会いたいという思いがせつせつと湧いてくるのでした。

そんなある日、優作は見張りの若い衆の隙《すき》をみて、二階の窓から屋根伝いに出て、下の通りに下《お》りました。そして、裸足のまま川へと向かったのです。

夕闇の迫る中、優作は川辺へと急ぎました。川に近づき、と見ると柳の陰にあの娘が見えたのです。優作は娘に近寄り抱きしめました。娘は優作を見つめ、目に涙をにじませながら、

「もういらっしゃらないのかと案じておりました」

優作はとまどいながらも思いきって、

「いや、そんなことより、そなたが蝦蟇の化身であるというのは本当なのか⁉」

娘は一瞬、口元を引きしめましたが、すぐにきっぱりといいました。

「はい、さようでございます。私はこの川の底に棲んでいる蝦蟇でございます。いつぞやあなた様に危ういところを救って頂いたあの……」

やはり、と優作は思いました。娘はけれども、必死にいうのでした。

「もう一度、せめて今宵《こよい》だけでもおいで下さい。もうすでに夕餉《ゆうげ》の仕度もできております」

優作は娘の正体が蝦蟇だと分かった以上、どうしたものかと少し迷いました。けれども、娘はあい変わらずこの世のものとは思えないほど美しく優作には見えたのです。優作は娘に連れられ、また水の中へと入っていきました。

優作の盃に酒を注ぎながら、娘の父親がいいました。

「たしかに私たち親子は、昔からこの川の底に棲む蝦蟇でございます。娘は先日、あなた様に救って頂いてから、すっかりあなた様に惚れこんでしまいました。いつ切り出そうかとは考えていたのですが、どうでしょう？　娘と夫婦の契りを結んで頂く訳には参りませぬか」

そういわれ、優作は考えこんでしまいました。優作の頭の中は混乱し、迷いが渦巻いていました。娘と夫婦の契りを結ぶということは、とりもなおさず今までの世界を棄てこちらの世界で生きていくということに他ならないのです。しかし、こうして真近で見る人間の姿をした娘の蝦蟇はたとえようもないほど美しかったのです。優作は酒も余り進まず、また酔えません。父親はなお続けます。

「もちろん、こちらにとどまるのも、またあちらにお戻りなさるのも、あなた様のお好きでございます。けれども、あちらの世界があなた様にお似合いでしょうか」

娘の母親もいいました。

「あなた様は本当にあちらの世界で生きたいとお思いなのでしょうか？」

その内、夜はしらじらと明け始めてきました。そして、陽がかなり高く昇った頃、優作はやっとやはりあちらへ、元の所へ戻る決心をしたのでした。銀造からは強く叱られるでしょうが、それは一時のことで済むでしょう。

家を出ると、水の中から外へと通ずる砂利道を、蝦蟇の親子三人が優作を送ってくれました。娘は両親の陰に隠れるようにして、袖で顔をおおっていました。

やがて四人は川面の近くまできました。ここからは優作一人で外へ、元の世界へ戻っていかねばなりません。ふと見ると、娘とその両親はすっかり蝦蟇の姿になっていました。ところが蝦蟇でありながら、少しも醜く見えないのです。それどころか娘の蝦蟇は人間の姿をしていた時と変わらず、それなりにとても美しく見えるのでした。

川面は明るく揺れているように見えます。水はゆっくりと川下へと流れています。川辺の道をいきかう町人、武士などさまざまな人々が川の底からはっきりと見えました。それらの人々を見て、優作は思わず愕然《がくぜん》としました。人々の顔は、ちゃんとした人間の顔でありながら、生っ白く、不気味にゆがみ醜悪に見えたのです。また二本足で歩く姿もどこか異様でした。優作の身体はひとりでに震えてきて、それがなかなか止まらなくなりました。

父親の蝦蟇が優作の様子に気づいて、

「ごらん下され。あれが人間の本当の姿なのです。いや、というよりこちら側から見れば、あちら側はあのように見えるのです」

「……………」

「世の中のものは全てみなあるようでないもの。美しい花もやがては枯れて散るのが定め。醜い、美しいは本来初めから決まっているものではなく移《うつ》ろい変わるもの」

「……………」

「いや、それ以上に見る者の心しだい。美しく見えるかどうかは見る者の心の持ちようで決まるのではないでしょうか」

優作の決意は大きく揺らいでいきました。優作はしばらくじっと立ち止まっていましたが、ついにとうとうこちら側で蝦蟇の親子とともに生きようと決意し直したのでした。と見ると、優作の体はしだいしだいに大きな蝦蟇へと変身していったのです。

優作が部屋から脱け出したのを知った銀造は、お夏や使用人とともに必死に優作をさがしました。町中どこをさがしても見つかりませんでした。近所の子どもから優作が蝦蟇に連れられ川の底深く入っていくのを見たという話を聞くと、川の中を中心にさがしてみました。しかし、広く深い川なので、亡きがらは見つかりませんでした。優作は蝦蟇にかどわかされ、ついに食い殺されてしまったのだと、銀造は思いました。不肖の弟でもたった一人の肉親でもあり、かわいそうに思った銀造は、盛大な葬式をとりおこない、弟優作の霊を懇《ねんご》ろに弔ったのでした。

「忠五郎のはなし（骨董）」より

秘の泉

江戸の裕福な呉服屋、佐ノ屋徳兵衛には、切れ長の美しい目をした小春という十九歳の娘がいました。徳兵衛はその妻お静との間に、男の子一人、女の子三人の合わせて四人の子どもがいました。小春はその三番目です。一番上が長男の徳吉で後継ぎですが、今は徳兵衛と親しい大坂の同じく大きな呉服屋の下へ奉公に出されていました。この頃は大商人の息子でも、若い内は何年間か他家で修業させることがけっこう多かったのです。次が長女の八重ですが、数年前に造り酒屋の跡取り息子のところへすでに嫁いでいました。八重の下が次女の小春です。小春の下には十七歳になる小夏という妹がいました。小夏もまた小春によく似た顔立ちでなかなかの美人でした。小春と小夏は町内でも美人姉妹として有名でした。

小春は幼少より絵を描くことが好きで、将来はひとかどの絵師になりたいと思っていました。それには多分に父徳兵衛の影響がありました。徳兵衛自身は自ら絵筆をとったりする訳ではありませんが、絵が好きで墨絵や浮世絵など気に入った作品を買い集めていました。それで小春も自然と絵に興味を持つようになったのです。小春は正式に絵を習ったことはありませんでしたが、見よう見まねで自己流に描いていました。

けれども、この頃は絵師に限らず女がひとかどの何かになろうなどというのは、狂気の沙汰といってもも過言ではなかったのです。徳兵衛とお静は、小春には絵など描かずに早く嫁にいってほしいと願っていました。見合いの話もこれまで何回かありました。この頃、女は十代の後半になれば、すぐに嫁にいくのが普通でした。それでも、徳兵衛は我が子かわいさもあって、絵を描くために六畳ほどの板の間の部屋を小春に与えていました。

しかし、つい先日、また小春にお見合いの話がありました。相手は栄屋という同じく呉服屋の跡取り息子で、年は小春より一つ下ですが、美丈夫で働き者だということです。ですが、小春は今度もまた頑《かたく》なに見合いを拒むのでした。

そんなある日、小春はいつものように床の上に紙を敷いて、鉢に生けた水仙を、赤、青、黄などの岩絵具を膠《にかわ》と水で皿で練り、絵筆で溶き描いていました。すると、

「姉《あね》さま、ちょっとよろしいですか？」

と、小夏が入ってきました。小春は振り返り、

「どうぞ。小夏のちょっとはいつも長いけど」

「姉さまは何故お見合いをお受けしないのですか？」

小春は唇を結んで黙っていました。

「どなたか、好きなお方でも？」

「別に」

小夏は、そんな小春をじっと見ていましたが、

「実はね、姉さま……」

小夏はそこで間をおくと、意味ありげに小春を見て微笑みました。

「もったいぶらずに早くおっしゃい」

「姉さま、実はその相手の方を、私は見てきてしまったのですよ」

「まあ、よけいなことを……。でも何で？」

「だって、私にとっても義理の兄になるかも分からない大切な方ですもの」

「ふーん、それで？」

「背も高く、なかなかの二枚目ですよ。会わないで断るなんてもったいない。私、わざわ

ざ遠くまでいって、長い間ものかげに隠れていて……」

「小夏、お前はよっぽどひまなのね」

「姉さま、絵などはお嫁にいってから、またそこで描けばよろしいのでは？」

「でも嫁にいけば、子どもや旦那のめんどうを見て、そのうえしゅうと、しゅうとめに気を遣《つか》わねばなりません。それに相手もうちと同じ大きな呉服屋、そこのおかみともなればとても絵など……」

「でも姉さま、こんな良い縁談はもう二度とないかも」

「お前は父さまや母さまの回し者？　何でお前がそんなに熱心に？」

「私にもあんな素敵な兄さまができればいいかなあと」

「兄さまならもういるではありませんか」

「でも、徳吉兄さまは年も離れていて、今は他家に見習いにいっているからめったに会えないし」

「ふーん……？」

その日、小春と小夏との間では、そんなやりとりがされたのでした。

次の日、小春は両親の徳兵衛、お静、また妹の小夏の四人で朝餉《あさげ》をとっていました。徳

兵衛はみそ汁を一口すすった後、

「小春、お前はどうしても栄屋の跡取り息子と見合いをしたくないのか」

小春は箸《はし》を止め、横を向いたままはっきりと肯《うなず》きました。

「いいか、お前も年が明ければ二十歳《はたち》だ。お前も陰では『行かず後家』などと呼ばれ始めているのだぞ」

「ううっ……！」

と、うめくような泣き声を出したのはお静でした。皆、驚いてお静のほうを見ました。

小春はまたか、と少しうんざりしました。行かず後家というのは、年頃になっても嫁にいかない、またはいけない女のことをちょっと馬鹿にしていうことばでした。徳兵衛は困惑しながら更に小春に、

「母さんはな、毎日夜も眠れないほど、お前のことを心配しておるのだぞ。それにこの縁談は、江戸の商人仲間の寄合があった際、わしのほうから頼んだことでもあるのだ」

「でも、私は……」

小春がやっと重い口を開きました。

「私はやりたいことが……」

「そんなことは知っておる。だがな、栄屋の息子にはわしも実際に会ってみたが、なかなか感じの良い若者だった。また近所でも評判の働き者だという」

小春は下を向いてしまいましたが、徳兵衛は更に続けました。

「佐ノ屋と栄屋とが手を結べば、お互い更に力を伸ばすこともできよう」

小春はきっと口を結んだままでした。

「全くこんな強情な娘になりおって。誰に似たのか」

徳兵衛はちらっとお静のほうを見ました。お静もまた不快な表情で徳兵衛のほうを見て、二人の間には見えない火花が散りました。

と、その時、

「父《とと》さま、母《かか》さま」

と、割って入ったのは小春でした。

「そのお話、妹の私めが代わってお受けする訳には参らぬものでしょうか？」

皆、驚いて、「え……!?」と、小夏を見ました。小夏はいたってまじめな顔で、

「私が姉さまの代りに栄屋へ嫁入りすれば万事よろしいのでは？」

と、しゃあしゃあというのでした。

「しかし、姉の小春を先に片付けねば。年も年だし」

「私はそれでけっこうです」

小春はあっさりといいました。

こうして、小春の代りに妹の小夏が栄屋の息子と見合いすることになり、その話はとんとん拍子に進んだのでした。そして、数十日も経たぬうちに、小夏は栄屋へ嫁いでいったのです。


それからしばらく経ちました。徳兵衛は小春については、もう本人に任せるより他にないとあきらめました。二十歳を過ぎてからでも良縁に恵まれることが全くない訳ではありません。また、徳兵衛としても娘の一人くらいは、自分の元においておきたいという気持ちも内心、多少はあったのでした。

そんなある日の夕方、徳兵衛は最近京からきた緑川草人《みどりかわそうじん》という絵師を家に呼びました。草人に描いた絵をもってきてもらい、気に入ったら買おうと思ったのです。居間の畳の上に、草人は畳一畳の半分ほどの大きさの自分の描いた絵を広げました。その場には小春もお静も居合わせていました。草人は大柄で少し腹の出た風采の上がらない初老の男でした。

長い髪には白いものがたくさん交じり、頭頂部は少し薄くなっていますが、目は深く澄んでいました。

草人のその絵は野に咲く蘭の花の絵でした。その絵は本物そっくりという訳ではないのですが、生き生きとしていて独特の魅力を放ち輝いているのです。小春は思わずため息を洩《も》らしました。徳兵衛はその絵をじっと見ていいました。

「なかなかのものですな。していかほどでしょう？」

草人はにこりともせずかたい顔で、

「百両。それ以下でもそれ以上でも売れませぬ」

このくらいの大きさで百両というのは、かなり高名な絵師でもちょっとありません。しかし、徳兵衛は即座に、

「承知しました。しばしお待ち下され」

というと、すぐに奥の部屋へ金《かね》を取りにいきました。箪笥《たんす》の引き出しから小判を百両取り出そうと数えていると、

「父《とと》さま」

と、背後から小春の声がしました。振り返ると、小春が真剣な眼差しで徳兵衛を見上げ

ていました。

「父さま、私はあの方について絵を習いたい。あの方に絵の師匠になってほしいのです」

どうやら小春は本気のようでした。徳兵衛はどうしたものかと一瞬迷いました。父親としては娘にやりたいことをやらせてやりたいとも思います。しかし、師匠について本格的に絵の修業を始めれば、よりいっそう婚期が遅れることにもなるでしょう。またそれ以上に徳兵衛が不安に思ったのは、娘が個人的に男の師匠につくことでした。しかし、緑川草人は相当の年齢のようです。一瞬危惧《きぐ》したような何かのまちがいなど、まさか起こることはあるまいと、とっさの内に判断しました。

徳兵衛は百両を草人に渡した後、

「草人先生、折りいって話が……」

「はて、何でしょう?」

「この私の娘、小春ですが、先生に絵を教えて頂きたいと、先生に絵の師匠になってほしいと」

「いや、それは……」

草人は口ごもりましたが、すぐにはっきりといいました。

「わしはもう弟子などはとらないことにしていますので」

「そこを何とか」

傍らにいた小春は両手をつき、

「お願いでございます」

と、必死に頭を下げました。草人は一瞬考えた後、

「それならば、今まで描いた絵を見せて下され」

小春は喜びと不安が入り交じりながら、すぐに自分の部屋から気に入った絵を数枚もってきました。

「拝見いたしましょう」

草人はそれらをしばらくじっと見ていました。やがて、

「分かりました。私でよければお教えいたしましょう」

こうして小春は緑川草人の弟子となったのでした。小春は描いた絵を草人に見てもらって教えを受け、また絵を描くことに励んだのです。

草人は近くの裏通りの一軒家に一人で住んでいました。昼間はたまに御用聞きが来るくらいで、あとは静かなものでした。小春は月に数回、草人の家に昼間いき、絵を見てもら

いました。その場で草人が手を入れてくれることもありました。

小春はそのうち不思議なことに気づきました。草人がだんだん若くなっていくように思えるのです。人は時が経てばだんだん年をとっていくもので、しだいに若くなっていくなどということは絶対にありません。ところが、白髪の多かった草人の頭髪はほとんど黒くなっているのです。もっとも人は気苦労の多い時は白髪が増え、心が休まれば減るということもあるでしょう。初め会った時は夕暮れ時だったためよく見えなかったのかもしれません。

それから、数十日経ちました。草人はやはり、確かに若返っていました。それは小春の目の錯覚ではありませんでした。髪は黒くなり、それは染めることもできるでしょうが、しわしわだった皮膚《ひふ》はぴんと張り、肌の色つやも以前とはちがい確かに若返っているのです。今では三十歳そこそこくらいにしか見えません。小春は草人に会うと心がときめくようになりました。

ですが、一方で小春にとって、草人が若返っていくという事実は、ただ不思議であるというばかりではありませんでした。小春は内心、いいようもない怖れも抱き始めていました。草人はひょっとしたら、妖怪や化け物といった類《たぐい》のものではないでしょうか。

草人は本当に若返りつつあるのか、そうだとすれば何故そんなことが起こるのか、草人とは一体何者なのか、それは小春が一番知りたいことですが、逆に決して聞いてはならないことのようにも思われました。草人は無口という訳でもないのですが、そういうことについては一切話しませんでした。またそういうことを聞けば、せっかく親しくなってきた二人の間の絆《きずな》がプツンと切れてしまうような気がしたのです。草人はほとんど一日中、部屋で絵を描いているので、徳兵衛もお静も他の誰も、草人が若返っていることに気づいていないようでした。

この頃、草人は絵の真髄を小春に伝授したいと思ったのでしょう、小春によくいいました。

「絵は小手先の技巧ではない。魂だ、心だ。小春、そなたの魂が絵に乗りうつった時によい作品となるのだ」

小春は自分の絵はまだまだだと思うと同時に、草人の絵は草人の魂が乗りうつったような素晴らしい作品になっていると思ったのでした。

若くなった草人は小春にとって、一人の魅力的な男でもありました。けれどもそれは危険な魅力ともいえたでしょう。草人は近年京から出てきたといいますが、京ではどういう暮らしをしていたのでしょうか。また、京を出てきたのは何か京にはいられなくなった重大な事情があったのかもしれません。それは重大な事件、例えば人を殺《あや》めてしまったというような犯罪に関わったのかもしれません。

とにかく、最大の不思議は、日に日に若返っていくということです。もうそのことに小春が気づいていることを草人も知っているはずです。しかし、それについては草人も何も触れようとはしませんでした。

小春は悶々《もんもん》として眠れぬ夜を過ごしました。しかし一方で、草人に会いにいく時は嬉しさで胸がいっぱいになるのでした。会えば草人は優しく教えてくれました。

小春は草人の家にいく日でない日でも、夕闇にまぎれて草人の家の辺《あた》りをうろうろすることもありました。中で草人は一心に絵を描いているのでしょう。家はしんと静かでした。小春はすっかり草人の魅力の虜となってしまっていました。

そんなある日、一通りその日の絵の指導を終えた後、草人はいつになく神妙に小春にいいました。

「もうそなたには伝えるべきことは全て伝えたつもりだ。もし万一、わしがいなくなったとしても、そなたはもう十分一人でやっていけるはずじゃ」

小春は驚いて草人を見つめました。

「何をおっしゃるのです⁉　お師匠さまがいなくなるなんて。何でそんなことを……？」

「いや……」

草人は言葉を濁し、あいまいに微笑むのでした。

「じゃがの、人の命など明日にもどうなるか分からぬもの。とりわけ芸の道などというのはいつかは自分一人で究めていかねばならぬものなのだ」

「お師匠さま、人の命が明日にも分からぬなどというのは誰しも同じことではございませんか。とりわけお師匠さまは御丈夫そうで、また……」

若く、といおうとして、小春は口を噤《つぐ》みました。その言葉は禁句と思ったのです。草人はしばらく何もいわずじっと考え込んでいました。その後、草人は小春のほうは見ずにいいました。

「小春、今夜家人に知られぬよう、もう一度来てはくれまいか」

小春は思わず草人を見つめました。小春にもそれが何を意味するか、分からないではありませんでした。

「はい……」

小春は肯きました。

その夜、小春は家人が寝静まった後、家人に知られぬよう家を脱け出て草人の家にやってきました。草人は酒と少しの肴《さかな》を準備していました。二人は簡単に酒を酌み交しました。奥の部屋はぴたりと襖が閉じられていました。すでに床の準備がされていると思うと、小春の胸は否《いや》が応《おう》にも高鳴りました。

翌朝、空が白みかける頃、小春は浅い、しかし幸福な眠りから目を覚ましました。家人に知られぬうちに急いで家へ帰ろうと思った時、不意に小春は胸騒ぎがしました。ふと隣を見ると、何と草人の姿が消えているのです。草人が寝ていた辺りのふとんに手をやってみると、すでに冷たくなっていました。小春は急いで起き上がり、「お師匠さま」と呼びながら家の中をくまなくさがしてみましたが、草人はどこにもいませんでした。

その日以来、草人の姿は江戸の町から忽然《こつぜん》と消えてしまったのでした。小春は必死になって江戸の町をさがし回りました。しかし草人は見つからず、何十日か経ちました。両親からは、もうそんな男とは関わらぬようにいわれましたが、小春はとてもそういう気にはなれませんでした。ただ単に草人への想いを断てないというだけでなく、草人にまつわる謎を知りたいと思ったのでした。思えば草人は謎の多い不思議な男でした。草人の失踪は、草人が日に日に若返ってくるということに何か関係があるような気がしました。

そんなある日、小春は途方にくれ、隅田川の川辺に一人座っていました。自分を見棄ててどこにいってしまったのだろう、と多少は恨む気持ちもありました。また一方では、もう草人は江戸にはいないのかもしれない、何かの訳があって京からきたというからまた京へ戻ったのかもしれない、それなら京へさがしにいってみようか、とも小春は本気で考えたのでした。

と、その時、土手の上から小春を見下ろしている十五、六歳の少年に気づきました。小春は何か胸騒ぎがして立ち上がり、どこか不思議なその少年に近づいていきました。その少年はひょろっと痩《や》せて背が高く、小春が近づいていってもじっと小春を見つめています。

小春は手を伸ばせば届くほどまで近づき、その少年をじっと見つめ、はっとなりました。

「お師匠さま……!?」

その少年は緑川草人、その人にちがいありません。年は小春より下になってしまっているようでしたが、澄んだ眼差しは確かに草人のものでした。小春は草人に再会できたら、急にいなくなったことをうんとなじってやろうと思っていたのですが、実際に会ってみると何もいえず、ただ涙がこぼれました。草人がやっと口を開きました。

「しばらくこの川辺を一緒に歩きましょう。そして、わしの話を聞いて下され」

「はい……」

と、小春は肯きました。


（草人が小春に語った話は、およそ次のようなものでした）

緑川草人は本名を菱川砂人《ひしかわさじん》といって、京都画壇では少しは名の通った絵師でした。訳あって京を離れ江戸に出てきた時、緑川草人と名乗ることにしたのでした。

菱川砂人は古希（七十歳）を過ぎ、すでに妻は亡くなり子はいませんでした。また同年代の友人たちのほとんどはすでに亡くなっていました。砂人自身も目はかすみはじめ、歯は何本もぬけ落ち、腰痛、膝痛など老いが進んでいました。どんなに医術が進んだとしてもかすんだ目がはっきり見えるようになったり、古くなった胃袋や内臓が新しく再生されるということは永遠にないでしょう。また、戦《いくさ》などで切断された手や足が、そこから新しく生えてきたり、あるいはそこに継ぎ木のようなものをして前と同じように使えるようになるなどということも決してないでしょう。もう後どのくらい絵を描けるのかと思うと砂人は不安でいっぱいでした。

その頃の砂人の生活は、三日に一日ほど、弟子たちに絵の手ほどきをし、その他は自分の絵を描くことに時を費やしていました。しかし、限りある生命のことを考えると、もう弟子への指導はやめにして、自分の絵を描くことだけに専念しようかとも思っていました。絵もそこそこ売れ生活には困りませんでした。

そんなある日、行商の富山の薬売りがやってきました。一年に一度、砂人の家にもやってくる頭髪のうすくなりかけた肥った中年男でした。砂人は冗談半分で、若返りの薬はないものか、と聞いてみました。すると富山の薬売りは、若返りの薬はないがその水を飲むと若返るという泉が丹波の山奥にある、というのです。

「え、それは本当に本当ですか⁉」

砂人は驚いて思わず薬売りの顔を覗きこみました。

「わしも人づてに聞いただけで半信半疑なのですが……。しかし、飲んでみるだけの価値はありましょう。もし若返らなかったとしても、もともとなのですから」

「それもそうですな」

このままいけば、ただ老いが進むだけです。更に薬売りは続けました。

「わしももう少し年をとって老いを感じるようになったら飲んでみようかと思っています。しかしですな」

薬売りはそこで間をおき、声をひそめました。砂人は薬売りの顔を窺《うかが》うようにして、

「しかし？　何か……？」

「その泉の水を飲むことについては、とんでもない危険を伴うとも裏ではいわれております」

「危険？　それはどういう？」

「それが何かは存じかねます。ただそういわれておるのです」

けれども結局、砂人はその泉の水を飲んでみようと思ったのでした。

数日後、砂人は初秋の丹波の山奥の雑草の生え繁るだけの狭い山道を、杖をつきながら懸命に登っていました。砂人はふうふうと荒い息をして、額からは玉のような汗が滴り落ちていました。立ち止まり振り返ると、下の方には鬱蒼《うっそう》とした森が見えるだけでした。また前方を見れば、ただただ緑の樹々が風に騒いでいるだけです。これからどれだけ歩き続ければ、くだんの泉にたどりつけるのか見当もつきません。この狭い山道に入ってからは、人っ子一人見ていません。

砂人は気をとり直し、またよろよろと歩き始めました。坂はまた少し傾斜を増し、ひざががくがくと震えました。砂人にとっては何十年ぶりかの山登りでした。のどはからからに渇いていましたが、竹筒の水はすでに全て飲み干してしまっていました。その水を飲めば若返るなどという奇蹟の泉が本当に存在するのでしょうか。なければこれまでの苦労は全て水の泡です。ふうふういって山道を登りながら、一方でそういう疑念もふつふつと湧いてきたのでした。

急な山道をしばらく登ると、やっと比較的平坦な道になりました。崖の下を折れた時、砂人ははっとなりました。何やら人影が見えたのです。女が赤子を抱き下りてくるのでした。砂人は人を見てほっとしました。近づいてみると若く美しい女でした。砂人は声を掛けてみました。

「もし、そこの方、この先に泉はありましょうか?」

「はい……」

女は砂人を見て何かとまどった様子でした。

「その泉の水を飲むと若返るというのは本当じゃろうかの?」

「はい……」

女のもの言いは何か奥歯にもののはさまったような言い方でした。若返るといっても、奇蹟が起こって実際に若返るなどということではなく、精がつき若返ったような気分になるだけのことかもしれない、と砂人は思いました。

ふと見ると、抱かれた赤子が砂人をみてにこにこと笑っています。砂人は赤子の頬っぺたを軽くつつき、

「かわいい子じゃの」

砂人はふとこんな山奥に若い女が一人なのを不思議に思い、

「旦那さんはどこにおるのかの？」

一瞬微妙な間があった後、女は赤子を示し、

「これが旦那です」

「え……!?」

砂人は驚きましたが、すぐに冗談だと分かりました。砂人は余裕の笑いを見せ、

「ハッハハハ……。そうですかの、それではわしもその泉の水を飲みにいくとしましょう」

砂人が去ろうとすると、「もし」と、女は真面目《まじめ》な顔で、

「その泉の水はお飲みにならないほうが……」

「え⁉」

女は何故そんなことをいうのだろう、薬売りがいっていたとんでもない危険というのをこの女は知っているのだろうか、と砂人は思いました。しかし、すぐに冗談で返しました。

「毒でも入っておるのかの？」

「いえ、まさかそんなことは……」

この若く美しい女と話していると、砂人は浮き浮きした愉《たの》しい気分になりました。旦那は本当はもう亡くなっていて、何らかの訳があって赤子を抱き一人でここに来たのかもしれません。もし自分がもっと若かったら口説いてみたいとも少しですが思ったのでした。また一方、この女は確かに美しいが、もしかしたら少し気がおかしいのではないか、とも思いました。

砂人は「それでは」と背を向け、再び山道を登り始めました。少し歩き振り返ると、女は心配そうに砂人のほうをまだ見ていました。砂人は軽く会釈しました。

やがて、坂を越えると、何とすぐそこに今まで見たこともないような美しい小さな泉がありました。のどの渇いていた砂人は、急いで泉の水辺まで下りていき、両手で冷たい水を掬《すく》いごくごくと飲み干しました。こんなにおいしい水は今まで飲んだことがありませんでした。砂人は疲れきっていたのですが、急に元気が出て精がついたような気がしました。

静かになった水面に砂人の顔が映っていました。白髪で頬はこけ、それはまさしく七十を過ぎた老人の顔にちがいありませんでした。いつのまにこんなに年をとったのだろう、ふだん家で鏡を見ることなどめったになかったので、砂人はひとしおそう思いました。時の流れは、若い時、中年の時、老境に入ってからと、どんどんその速さを増すように思えます。一年間という時の長さは本当は同じでも、年齢が上がるにつれ、その感じ方は短くなるようです。今の一年間は若い時の一月《ひとつき》ほどにしか感じられません。

泉の水はたしかにうまかったのですが、飲んだからといって肉体が若返るなどということが本当にあるのでしょうか。砂人は容易に信じられませんでした。けれども、泉の水を飲んだせいか、体中に精気がみなぎってきたような気がしました。気のせいかもしれませんが、腰や膝の痛みもやわらいだような気がします。そのためか、帰りは比較的楽に帰ってくることができました。麓に着いた時はすでに夕闇が迫っていました。

十日ほど経つと、あの水のせいでしょうか、明らかに身体の調子が良くなっていました。足腰が以前よりはずっと丈夫になっているのが分かります。砂人はますます絵を描くことに没頭しました。

そして――。半年も経つと見かけの容姿、容貌にもはっきりとした変化が現れてきたのです。白髪の中にもわずかですが黒い髪が混じってきました。また深くきざまれていた額のしわは浅くなっています。泉の水が少しずつ効《き》いてきているようです。あの水の効果はいっぺんに現れるのではなく、徐々に少しずつ現れるものだったのでした。

一年近く経つと、砂人が若返っているのは隠そうにも隠しきれないほどのものとなったのです。弟子たちはそんな砂人を怪しみ始めました。「師匠は化け物ではないか」「師匠は西欧ではよくある人の生き血を吸って永遠に生きるという吸血鬼にちがいない」などの陰口が、砂人の耳にも入ってきました。中には、奉行所へ訴え出ようか、などと本気でいっている者もいるようでした。砂人は今まで熱心に弟子たちに教えてきたつもりだったので、皆に裏切られたような気持ちになり、また情けない気持ちにもなりました。とうとう砂人は決心しました。京都を離れ江戸へ出てみようと。そして、そこで生命ある限り絵を描き続けようと――。

（以上が緑川草人、本名菱川砂人が小春に語った話です）

砂人は語り終え、しばらくじっと隅田川の静かな流れを見ていましたが、やがて小春の方を振り返り、

「小春、そなたがわしを必死にさがすさまを、わしは遠くから見ておった。いつかはあきらめてくれると思っておったが、そなたはなかなかあきらめてくれんかった。そこで、わしはそなたにもう一度会い、真実《まこと》のことを話さねばならぬと思ったのだ」

砂人が、まだ幼さを残す十五、六歳の少年の顔で、「わしは――」などと老人のような言葉づかいで話すのは少し奇異な感じがしました。しかし、小春はじっと砂人の話に聞き入っていました。

「そなたがわしに聞きたくてもどうしても聞けなかったこと、わしがそなたにいつか話さねばならぬと内心思いながらどうしても話せなかったこと、それが今話したことなのじゃ」

「…………」

「わしは若返りの泉の水を飲んだため、日に日に若くなっていく。それはわし自身が望んだことでもあったが……。近頃はその速さがどんどん増し、いわば坂道を転がるように、若くというより幼くなっていくようなのだ」

「…………」

「この速さで若返っていったら、わしがこの世にいられるのは後一年あるかどうか……。わしは初め、わしの肉体は不老不死となったのかと思ったが……。若返ることはできても、それは永遠の生命という訳ではなかった」

小春はじっと砂人を見つめていました。

「だが、わしは若返れてよかったと思う。本当によかった。短い間だったが、再び絵に打ち込むことができた」

それから、砂人は小春を見つめて、

「そしてまた、そなたに出会うこともできたのじゃからな」

「お師匠さま……」

「だが、もうここまでじゃ。そなたはまだ若い。これからいろいろなたくさんの出会い、またたくさんの幸福が待っておるじゃろうて」

小春ははっとなって、

「お師匠さま、それは別れ話ですか⁉」

砂人は黙って肯きました。

「お師匠さま、その別れ話は冗談だとおっしゃって下さい」

小春はきっぱりといいました。そして、強い口調でさらに、

「限られた短い命でも構いません。私、小春とともに生きましょう。私の命もともに燃やします」

砂人は小春の勢いに、少したじたじとなっていました。

「お師匠さま、二人で京へ出ましょう。京なら若くなったお師匠さまに気づく者も、もうおりますまい。二人で残された大切な時をともに生きましょう」

砂人はただただ小春を見つめていました。隅田川の水面をトンボが軽やかに飛んでいました。

その後、小春は両親に置き手紙を残し、気づかれぬよう家を出ました。そして、砂人とともに京へと向かったのでした。


一年後、丹波の山奥の美しい小さな泉の水辺に、愁いを帯びた眼差しで赤子を抱き一人佇《たたず》んでいる若い女がいました。切れ長の美しい目をしたその若い女はまさしく小春でした。

小春は泉の水面を見つめながら赤子を抱きしめました。赤子は、もうしゃべることもできなくなった砂人でした。砂人はときどき、「アー、ウー」とか声を出し、小春を見てに

ここにこと幸福そうに笑っています。しかし、この砂人の生命はもう後何日かも経たぬうちにこの世から消えてしまう生命でした。そう思うと、なおさらいとおしく、小春は砂人を強く抱きしめました。砂人が亡くなった後、砂人の考え方を受け継ぎ、自分はまたよりいっそう絵の道に精進しよう、と小春は思いました。

一方で小春のお腹には、確かに小さな生命が宿っていました。小春は自分の腹の中で微かに動く生命を感じとっていました。

若返りの泉の水面は鏡のように静かで木洩《こも》れ日に輝いていました。

「若返りの泉（日本おとぎ話集）」より

雪桜

いつからかこの町のはずれに、お雪という三十の坂を少し越えたくらいの美しい女が新居を構え住みはじめました。

お雪は名前の通りきめの細かい雪のような白い美しい肌をした女でした。けれども、お雪はどこか怪しげな不思議な雰囲気を漂わせていました。一体どういう素姓なのだろうといぶかる者もありました。とある高貴な方の妾《めかけ》だったなどと、まことしやかに陰でいう者もいました。しかし、本当のことは誰もよく知らなかったのです。

お雪は目立たないつつましい暮らしをしていました。そこそこの教養もあるようで、町の人たちに活《い》け花を教えたりして、ささやかな収入としていました。

この同じ町に世之介という二十歳《はたち》前の若者がいました。世之介は裕福な呉服屋の次男坊で、ゆくゆくはのれん分けしてもらいひとり立ちするつもりでした。

世之介はある日、ものかげからお雪がかいがいしく洗たく物を干している姿を見てしまいました。干した洗たく物のなかには長襦袢や赤い腰巻などもありました。お雪の整った美しい横顔、ほっそりとした白い項《うなじ》、すんなり伸びた二の腕、隠されたところはもっと美しいに違いないと世之介は思いました。と、その時、お雪がふとかがんだはずみに白い乳房の谷間がちらと見えたのでした。

それ以来、お雪の美しい姿がいつも目にちらつき、世之介はお雪が忘れられなくなってしまいました。熱に浮かされたように、寝ても醒《さ》めてもお雪のことばかり考えていました。年が一回り以上も離れているらしいことも全く気になりませんでした。お雪が活《い》け花を教えているというので、遂に世之介もそこへいってみることにしました。活け花など男のやることではないと思っていたので敷居が高かったのですが。

活け花の場へいってみると娘たちばかりでなく、商家の若旦那など男たちも何人かいて、世之介は少しほっとしました。しかし、男たちは活け花よりもお雪目当てに来ているようで、これはなかなか油断ならぬとも思いました。

その中に勇作という名の米屋の若旦那がいました。勇作は背も高く美男でもあり、これは手強い相手かなと世之介は思いました。もちろん世之介自身も容姿、容貌《ようぼう》には多少自信はありましたが。勇作は口も上手《うま》く、すでに父親は隠居しているので、れっきとした米屋の主人だったのです。三十代半ばという年齢もお雪とは釣り合うといえるでしょう。ふだんのお雪と勇作の何気ない会話を傍らで聞いていても、心なしか二人はでき始めている、いや、もうできていると思わせるものを世之介は敏感に感じとりました。そういった時、勇作とお雪が仲むつまじく手をつないで裏通りを歩いていたという噂《うわさ》が耳に入りました。世之介は気が気ではありませんでした。

ところがです。勇作はふっつりと活け花の場へ現れなくなったのです。来なくなったとはいっても同じ町の中、世之介は道で偶然勇作に会った時、それとなく聞いてみました。勇作は苦笑いしながら、

「いやあ、最近仕事が忙しくてな。うちはわしが先頭に立って働かんといかんし」

などといってお茶を濁し、そそくさと逃げるようにその場を立ち去っていったのでした。しかし、仕事が忙しいのはいつものことでしょうし、また仮に仕事がどんなに忙しくとも、好きな女の顔を見ずには済まないというのが男というものでしょう。

勇作が来なくなってからのお雪は少し悲しげに世之介には見えました。気を張ってか、前よりも明るく振るまってはいるようなのですが。

しかし、自分にとっては今が良い機会なのではないか、と世之介は思いました。いきなり体を求めるのは愚か者のやり方です。一段一段階段を昇るように、また、まず外堀を埋めそれから内堀をと考えるべきでしょう。

世之介はともかく、まずお雪を芝居見物にでも誘ってみようと思いました。多分断られるでしょうが、その時はその時で気にせず、次の手を打とうと思いました。あっさりと何気なく誘ってみるのがこつでしょう。あまり深刻な雰囲気で誘って失敗すると後が続きません。

世之介はそんな風にいろいろ考えていたのですが、何とお雪はあっさりと承諾してくれたのでした。世之介にとって芝居見物はあまりに楽しく、芝居内容はほとんど頭に入らないほどでした。そのためお雪から、

「藤十郎はやっぱりさすがですね」

といわれても、「ええ……」と、ただ適当に肯《うなず》くだけでした。

その後も、世之介はお雪と桜見物など二人で何回か遊びにいったのでした。

ある晩、世之介は寝ながら考えました。何としてもあのお雪を嫁としたいものだと。しかし、お雪が自分よりも一回りも年上ということで親の反対にあうことは必至でした。またお雪は教養があり家柄は良さそうですが、素姓がはっきりしません。

けれどもまた自分が次男坊であることは、跡取り息子の長男ほど期待されない反面、好きなようにやれそうな気もしました。またいっそのことお雪との間に子でもなしてしまえば、親も二人の間を認めざるをえないでしょう。その内、親にもお雪の気立ての良さなども分かってもらえるでしょう。そんな風に世之介は思ったのでした。

さて、次はどのように攻めようか、と世之介が考えあぐねていた矢先でした。思いがけないことにお雪のほうから先に誘ってきたのです。しかも泊まりがけで明日遊びに来ないか、というのでした。世之介は自分の心を見透かされたようで少しドキッとしました。また、尻軽女ではないかとも一応は考えてみました。しかし、世之介にはお雪がそんな女とはとても思えませんでした。けれどもお雪には何かの謎があり、それは勇作がふっつりと現れなくなったことに何か関係がありそうな気がしました。

その日の夕刻、世之介はお雪の家を訪れました。お雪は酒や肴《さかな》で世之介をもてなしてくれました。座敷で向き合って飲み交しながらも、襖一枚へだてたその向うにはすでに床の準備がされているのだろうと思うと、世之介の胸は否《いや》が応《おう》にも高鳴るのでした。

酒を酌《く》み交し、ほろよいかげんになった頃、お雪はきっぱりと切り出しました。

「世之介どん」

世之介を見つめるお雪の目は鋭くも美しく澄んでいました。

「今宵《こよい》は世之介どんにどうしても見て頂きたいものがあるのです」

世之介は思わず身のひきしまる思いがしました。

「ただ見たものは絶対に他人に口外しないと約束して頂きたいのです」

お雪のふだんの優しい顔が一瞬怖ろしく世之介の目に映りました。

「もし、お約束して頂けぬなら、もうこのままお帰り願いたいのです」

一体、何を見せたいというのだろう？　それが襖の向うの奥の部屋においてあるとでもいうのだろうかと世之介は思いました。お雪は世之介をじっと見つめ、

「お約束願えますでしょうか」

と、念を押しました。世之介は深く肯きました。お雪はしばらく黙って唇をかみしめていました。見ると、目には涙がにじんでいますが、やがてさっと着物の前をはだけ、上半身を露《あらわ》にしたのでした。それを見て、世之介の顔はすうっと青ざめ凍《こお》りついたようになりました。お雪の両の白い乳房には、大きな灰色の蜘蛛のようなものがぴたりと張りついていたのです。しかし、それはよく見ると、黒ずみひからびた人の手でした。

「どうしてこうなったか、訳をお話しいたしましょう。聞いて頂けますね」

ふだんのお雪とちがい、そのもの言いには有無をいわさぬ凄味がありました。肯く世之介の口元が微かに震えました。

お雪が世之介に語った話は次のようなものでした。

それは今から十数年も昔のことです。お雪は芳紀まさに十七歳の時、中山康秀という大名に見染められその側室となりました。康秀には正室の他、数名の側室がいましたが、お雪が一番若く康秀の寵愛もとりわけ深いものがありました。

正室の奥方は公家の出で教養のある美しい女でしたが、年齢は康秀と同じくらいで、すでに三十の坂をいくつか越えていました。けれども奥方はお雪にはとりわけ目をかけ、習字、お茶の作法、活け花など色々なことを教えてくれたのでした。お雪は八百屋の娘で、それまでは文字も満足に読めませんでした。奥方のおかげでお雪は、素質もあったのでしょうが、吸い取り紙が水を吸い取るように急速に教養を身につけていったのでした。

奥方とお雪の仲むつまじい様子は、まるで本当の姉妹のようだといわれていました。二人でよく一緒に風呂にも入りました。奥方はお雪の背を流してやりながら、「つきたての餅のようなきれいな肌をしているねえ」とため息をつくようにいうこともありました。また半分ふざけるようにじゃれ合いながら互いの恥部に触れ合うこともありました。生娘だったお雪に殿との愛撫の作法を教えたのも奥方でした。口吸いなど奥方と実際やったりもしました。

ところが、それから数年経った春のことです。奥方が不治の病にかかってしまったのでした。遠くから名医を呼んで診てもらったり、また偉い高僧に祈願してもらったりしても、病は一向に快方に向いませんでした。奥方は日一日とやせ細り、しだいに病状が悪くなっていくのは誰の目にも明らかでした。

もはやこれまでと思った奥方は、ある日、枕元の康秀に苦しい息の下から、

「殿、妾《わらわ》はもうそう長くはないと存じます」

「何をいう。まだあきらめるでない。また元気になって皆で宴を催そうぞ」

康秀は必死に奥方を励まそうとしました。

「いいえ、妾の身体は妾自身が一番よく分かっております。ついては死出の旅路へ立つ前に、ひとつだけお願いがございます」

「そこまでいうなら何なりというてみよ」

康秀としても、もはやそういうより他ありませんでした。

「ここへお雪をお呼び下さい。殿も御存知のように妾はお雪を実の妹のようにかわいがってきました。今後のことなどお雪に直接申し伝えておきたいことがあるのです」

お雪が呼ばれ、奥方の床のそばにひざまずきました。奥方はお雪をこの上ないほど優しげに見ていいました。

「お雪、よく来てくれました。どうぞもっと近くへお寄り」

お雪は奥方の枕元へと近寄りました。奥方の息がかかりそうなほどでした。

「お雪。妾はもうすぐ三途の川を渡らねばなりません。妾が亡くなった後は、そなたに妾の代りになってほしいのです。殿の正室、奥方になっておくれ。それが殿の望みでもありましょう」

奥方はそういうと、念を押すように康秀の方を見ました。

康秀は何といっていいか分からず、少しどぎまぎしてしまいました。お雪が口を開きました。

「ああ、奥方さま、もったいのうございます。お願いでございますから、そのようなことはおっしゃらないで下さいませ。みなさまよく御存知のようにお雪は貧しく賤しい身分の出でございます。殿さまの正室などと――」

お雪はその時、本当にそう思ったのでした。実際、数名いる側室の中で庶民の出はお雪だけでした。

「いやいや……」

奥方は少ししわがれ声でいいました。

「側室の中でもそなたが一番美しく、また打てばすぐ響く太鼓のようによく気がきき聡明でもあります。出自がどうであろうと、そなたが正室に一番相応《ふさわ》しいと思いますよ。また殿の想いも同じでしょう」

奥方はまた康秀のほうを見ました。康秀はそういわれ、また自身も実際そう思っていたのでつい肯いてしまいました。それを見て、奥方は満足そうに微笑みました。

「ああ、これで妾は全てがふっきれた」

それから、少し目をつむってから、

「ああ、うっかり忘れるところだった」

それから、奥方は少し間をおいてからいいました。

「お雪、そなたに最期の願いがあるのです。聞き届けてくれましょうね？」

「ええ、お雪にできることなら何でも」

お雪はこの奥方のためなら親身になって何でもやってやろうと真底《しんそこ》思いました。

「お庭におととし大和の吉野山からもってきた八重桜がありますね。今はもう満開の頃でしょう。最期に桜が見たい。お雪、どうか、そなたの背中におぶって庭へ連れてっておくれ」

「はい。おおせの通り」

その時、康秀が横から口を入れました。

「いや待て。奥よ、その身体で雪の中の桜見物などと」

この日は春とはいってもことのほか寒く、外はちらほらと雪が降っていたのです。奥方は苦しい息の下からそれでもいうのでした。

「いえいえ、雪中の桜見物はこの世で一番の風流と神代の昔からいわれております。妾の最期の願いでございます。何とぞ……」

「そうか」

と、康秀もしかたなく肯きました。

「だが、わしがおぶおう。女のお雪には少し重すぎよう」

けれども、奥方はいうのでした。

「いいえ、どうしてもお雪におぶってほしいのです。殿とは嫁いでから十数年、長い間の深い関わりがございます。お雪との関わりはここ数年だけ。今生の別れに、それがどのようなものであれ、お雪とのつながりも深めておきたいのです」

それほどまでにいうのならと康秀は譲りました。

奥方は康秀の力も借りながら、必死に力をふりしぼって起き上がりました。そして、お雪の肩にしがみつき、その背におぶさりました。やせ細った奥方の身体は軽く、お雪でも十分庭の方へ背負っていくことができました。

奥方をおぶったお雪は、康秀やその家臣、腰元たちとともに庭に下りました。腰元の一人が奥方へ傘をさしました。粉のような雪が微かに降っていて、庭はうっすらと白くなっていました。その庭の真ん中に満開の八重桜がみごとに咲いている光景に皆声を失っていました。やがて奥方が口を開きました。

「この美しい桜の命も後わずかとはのう。妾の命とどちらが……」

「奥方さま……」

と、お雪がいいかけたその時でした。奥方はそのやせた両手をお雪の肩口から着物の中へするりと滑りこませ、お雪の乳房をむんずとわしづかみにしていったのです。

「張りのあるよい乳房じゃのう」

瀕死の重病人とは思えぬほどの力強さでした。それから奥方は「ヒッヒヒ……」と狂ったようなけたたましい笑い声をたてました。その不気味な笑い声は天まで届くかのように高く渦巻いたのです。すると、それに応えるかのように突然一陣の風が吹き、桜の花が吹雪のように一瞬のうちに舞い散ってしまったのでした。奥方は何かに取り憑《つ》かれたような目つきになり、

「この乳房、殿のものにしてなるものか！」

と、叫びふっと息を吸うと、急に顔がこわばりそのまま息絶えたのでした。お雪は怖《おそ》ろしさと痛みのため、気を失いその場に倒れ込みました。

それからが大変でした。強力《ごうりき》の家臣たちが気を失ったお雪と奥方の屍体を引き離そうとするのですが、奥方の両手はしっかりとお雪の両の乳房を握りしめ引き離すことができないのです。康秀はその様子を青くなって見ていました。とりあえず二人を奥の寝床へ運ぶことにしました。そこで再び奥方の手をお雪の乳房から引き離そうとするのですが、それが簡単にいきそうでなかなかうまくいかないのでした。無理に引き離そうとすると、お雪の乳房から血が出るのです。奥方の手のひらの肉がお雪の乳房の肉に食い込んでいて、同じ一人の人間の肉体でもあるかのように一体化しているのでした。

この頃、一番腕の立つ医者といえばオランダ人の医者でした。そこでオランダ人の外科医が招かれました。入念に診てもらったところ、その外科医もこんな症例は初めてであり、処方は難しいということでした。無理矢理奥方の手をお雪の乳房からそぎ落とそうとすれば、お雪は出血多量でその命は保証できかねるというのです。お雪を救うためには、奥方の両手を手首から切り離し、お雪の乳房にくっついたまま残しておく他ないと断言しました。そこでやむをえず奥方の両手は手首から切り落とされ、お雪の乳房を握りしめたまま残ることになったのです。

やがて、両手はお雪の乳房に張りついたまま黒ずみひからびていきました。それはちょっと見ると、大きな灰色の蜘蛛のようでした。そのようになっても、その両手は完全に死んではいなかったのです。というのはその手は毎晩、いつも丑《うし》の刻になると蜘蛛のように動いて乳房をわしづかみにし、締めつけてはお雪を苛《さいな》み続けました。そして、寅の刻が近づいてくると、やっと静かに大人しくなるのでした。

康秀は、そのようになってしまったお雪はもはや正室とする訳にはいかない、また側室としてもいかがなものか、と考えました。格式ある大名としての体裁もあります。康秀は不憫《ふびん》とは思いながらも、お雪を里帰りさせることに決めたのでした。お雪はそこそこの手切れ金を与えられ、中山の家を出されることになったのです。

一方、奥方の両手のお雪への責め方は何年か時が経つにつれしだいに穏やかになってきていました。しかし、お雪自らがその手を力まかせに引きはがそうとしても、血が噴き出しやはりそれは無理なことでした。

お雪は実の姉のように慕《した》っていた奥方に裏切られ、また康秀からは里帰りさせられ、深い人間不信に陥ってしまったのでした。

（以上が、お雪が世之介に語った話です）


世之介はお雪の話を聞いてからというもの、さすがにしばらくお雪の顔を見ることができませんでした。世之介は幾晩も眠れぬ夜を過ごしました。けれども世之介はどうしてももう一度お雪に会わなければと思いました。

世之介はとうとうまたお雪に会いにいきました。もう現れないと思った世之介が再びやって来たので、お雪は驚きました。世之介はお雪に、この町の光仁寺の住職光念にその手が取れるよう祈願してもらってはどうかと勧めました。

世之介の家は代々光仁寺の檀家になっていて、光念和尚とも懇意だったのです。

お雪は咎《とが》めるようにいいました。

「世之介どん、あなたはあのことを和尚さんにしゃべったんじゃありますまいね？」

「わしは誰にもまだしゃべっちゃいません。本当です。だけど、あのことはもう米屋の若旦那なんかも知っているんじゃないのですか？」

お雪は下を向いてしかたなく肯きました。世之介はさらにいいました。

「それにもうそんなことはどうでもいいでしょう、その手が取れるんなら」

「でも、祈願したくらいで……」

「それは、やってみなくっちゃ……」

世之介は、以前光念が近所の酒屋の娘に取り憑いた狐の怨霊を取り払ったことなどを話し、光念に会って祈願してもらうことをお雪に強く勧めました。

こうして次の日、お雪は世之介に連れられ光仁寺を訪れたのでした。光念は今日は法事など仕事がないらしく、昼間から少し酔っ払っていました。光念はお雪と一緒の世之介を見ると、

「世之介、お前もなかなかやるのう。こんないい女子《おなご》と……」

それからお雪のほうを見て、

「昔、こいつはねしょんべんたれでのう、ハッハハ……」

などと、からから笑っていうのでした。世之介はこれは早く本題に入ったほうがよいと、

「和尚さん、そんなことより今日はとても大事な話があって来たんですよ」

「まあ、上がれ」

光念はお雪の話をじっくりと聞くと、「ふうむ……？」と大きく息を吸い、禿《は》げ上がった頭をつるりと撫でました。

「どのようになっておるのか、ちょっと見せてみんしゃい」

お雪は少しためらいましたが、見せなくては分かってもらえないと思い、恥ずかしげに胸を露《あらわ》にしました。お雪の乳房は、奥方の黒い手さえなければ、張りのある白い美しい乳房でした。光念はもうすぐ還暦とはいえ、まだまだ色気がありそうなので、世之介は少し心配でした。光念はお雪の乳房に張りついたその黒ずんだ手をじっと見ていましたが、

「その奥方の怨みが取り憑いておるのじゃろう。ここはひとつわしに任しんしゃい。わしがお経を唱え祈願すればその手はたちどころに取れてしまうじゃろうて」

三人は本堂にいき、仏の前に正座しました。光念は仏にもありのままに見てもらわねばならぬから胸を見せるようにいい、お雪も手が取れてくれるならと胸をはだけました。

光念は木魚を叩《たた》きお経を唱え始めました。しばらくするとひからびた奥方の手が微かですが、確かに震えるように動きました。なおも光念はお経を唱え続けました。光念の額には玉の汗が浮かびましたが、奥方の手は微かに動くだけで取れる気配はありません。光念はお経をやめ、ふうっと大きく息を吸い、お雪と世之介の方を振り返りました。

「いや、ふつうならすぐにそんなもんは簡単に取れるはずなんじゃが……。お雪さん、どうにも奥方のそなたへの怨みはひどく深いとみえる」

光念は悔しそうにため息をつきました。

「じゃが、いや、もう一度やってみよう。ついてはお雪さん、そなたもわしの後《あと》をついて、一緒にお経を唱えてくんしゃい」

そういうと、光念はまた大声でお経を唱え始めました。お雪も光念の後《あと》に続き懸命にお経を唱えました。すぐに世之介もその後《あと》に続きました。三人の懸命な思いが通じたのでしょうか、奥方の両手がぐらりと大きく揺れ取れそうになったのです。しかし、その黒ずんだ手はそれ自体が生き物であるかの如くうごめき、取れそうになるとまた必死にお雪の乳房にしがみつくのでした。三人のお経を唱える声はますます大きく高く本堂にひびき渡り、三人の額からは脂汗がしたたり落ちました。

突然、光念はお経を唱えるのをやめました。驚いてお雪も世之介もお経をやめました。

光念は目を閉じ大きく息を吸いました。それから、お雪の方を振り返り、

「申し訳ないのう。もっと簡単に取れると思ったんじゃが。奥方の手がなぜなかなか取れぬのか、他に何か原因があるのかもしれぬ。まあ、今日のところはこの辺で」

お雪と世之介はがっかりして、その日は帰らざるをえませんでした。

その夜、光念は仏の前で一人でちびちび酒を飲みながら、ひとりごとをいっていました。

「――それにしても奥方のお雪さんに対する怨みは想像を絶するほど深いのう。もう何年も経っておるというのに……」

光念は目をつぶりしばらく黙考し、それから目を開けました。仏と目が合うと、仏は光念に何か語りかけているように見えました。

「いや、怨みは奥方のお雪さんへのものだけなんじゃろうか、もっと他にも……?」

その時、光念には仏が肯いたように見えました。

「分かった！」

光念は思わず膝をうったのでした。

翌日、昼は檀家の法事があったので、夜、光念はお雪と世之介を寺へ呼びました。

「お雪さん、そなたの胸から奥方の手が取れぬ訳がやっと分かった」

お雪は光念を見つめました。

「そなたの胸に取りついた奥方の手が離れぬのは、奥方のそなたへの深い怨みのせいだけではなかったのじゃ」

光念は一体何をいいたいのだろう、とお雪は思いました。

「お雪さん、そなたは奥方に対してどのような気持ちをもっておられるかな?」

そう問われて良い気持ちを持っている訳はありませんでした。実の姉とも慕い信頼していたのに裏切られたのでした。そして、康秀からも棄てられる羽目になったのです。光念はお雪をじっと見て、

「お雪さん、そなたが奥方を怨みに思う気持ちはよく分かる。じゃが、その怨みを棄て去らねば奥方の怨みも決して完全には消えぬじゃろう。よって奥方のその魔の手も決して鎮まらぬ」

お雪は息をのんで聞いていました。

「奥方のそなたへの怨みとそなたの奥方への怨みが重なってぶっつかり、より大きな怨みとなってそなたの乳房に食らいついておったのじゃ。急流と急流がぶっつかりより速く大

きな流れとなるようにの。怨みが怨みを呼び、怨みの炎が激しく燃え上がったのじゃ」

お雪の胸は激しく騒いでいました。

「じゃが、奥方のそなたへの怨みは時が経ちしだいに消えつつあるようじゃ。そのためそなたの乳房を責め苛《さいな》む力がしだいに弱まってきたのじゃろう。その奥方の手を完全に取り去るためには、今はそなた自身の奥方への怨みを消さねばならぬ」

「それは……、でも……」

お雪は口ごもりました。

「そなた自身の怨みの火を消さねば、その手は永遠に取れぬじゃろう」

そうたやすく奥方への怨みが消えるはずがありません。自分がこのようになったのは全て奥方のせいなのだから、とお雪は思いました。

「一人になって、またよく考えてみるがよかろう。そうじゃ、ありがたいお経の書いた紙を渡しておこう。奥方の気持ちが分かり、奥方を受け入れる気になった時、そのお経を唱えてみるとよい。その手は必ずや取れるじゃろう」

そういって光念はお雪にその紙を渡しました。

次の日、お雪はお経の紙を見ながら大きな声でお経を唱えてみました。何回も何回も一生懸命唱えてみました。けれども、奥方の手はお雪の乳房にかたく張りついたまま微動だにしませんでした。

それからしばらく経って、世之介はお雪のところへ活け花を習いに来なくなりました。お雪は世之介に会いたくてたまりませんでした。とうとうお雪は世之介の家を訪ねてみることにしました。ところが、いついっても家人が出てきて留守だと告げるのです。これはおかしいと遂にお雪も気づきました。しばらくして世之介は若い娘と懇《ねんご》ろになっているという噂《うわさ》が耳に入りました。お雪はそんなものは根も葉もない噂だと思おうとしました。けれどもそれは単なる噂ではなかったのです。

世之介も冷静になって考えてみると、自分より一回り以上も年上であり、しかも胸には死人の手が取りついている女とこれからずっと一緒にやっていけるかどうか、考えざるをえなかったのです。女の盛りを過ぎ、これからは日一日と美しさは衰えこそすれ増すことはないでしょう。あの死人の手はおそらく永遠にお雪の乳房に張りついたままでしょう。また両親からもそんな女とは別れるように勧められていました。

ちょうどその頃、世之介は二つほど年下の美しい町娘と知り合いました。つきあっている内に世之介の気持ちはすっかりその町娘の方に移ってしまったのでした。世之介はお雪にはっきりとした態度を示すこともできず、ずるずると時を過ごしていたのでした。

お雪はとうとう世之介とその町娘が、芝居でも観た帰りなのか、通りをなかむつまじく寄り添って歩く姿を見てしまいました。お雪は見つからないよう素早くものかげに身を隠しました。その町娘はまだ幼な顔のかわいらしい娘でした。世之介の気持ちはもう二度と自分には戻ってこないだろうと思いました。

それ以来、お雪は活け花の指導をやめ家に引き込もり、幾晩も泣き明かしました。

お雪の心は深い悲しみと、あの町娘を怨む気持ちでいっぱいになっていました。と、その時、お雪は初めて気づいたのです。本心を明かさずというより明かすことのできなかった奥方は、一人それを心の中に閉じ込め本当は辛く悲しかったのだろうと。お雪は奥方の気持ちがやっと分かり、そして奥方の全てを受け入れようと思いました。思えばあの奥方のおかげで、読み書きができるようになり、またお茶の作法、活け花などさまざまな教養を身につけることができたのでした。

お雪は光念和尚からもらったお経の書かれてある紙を取り出し仏壇の前に座りました。そして、奥方に想いを馳せながら静かにお経を唱えました。するとどうでしょう。あれほどしつこくお雪の乳房に張りついていた黒ずんだ奥方の手が布きれのようにはらりと落ちたのでした。お雪の乳房には奥方の手が取りついていた何の痕跡《こんせき》もなく、以前のままの白く美しい乳房でした。

お雪はすぐに光念和尚のところへお礼をいいにいきました。光念はいいました。

「それはよかったのう。そなたの怨みが鎮まりそなたの想いが通じたのじゃろう。これでまた奥方も晴れて成仏できるじゃろうて。ところでわしにそなたの胸を見せてくれぬか」

そこでお雪は胸をはだけました。

「うーむ、みごとな乳房じゃのう」

お雪の乳房は白く美しい張りのある、全く光念の感嘆するほどのものだったのです。光念はごくっと生つばを飲みこみ、

「どうじゃ、ちとさわってもよいかの？」

「いえ、それは――」

お雪はさっと胸を隠し、すぐに懐から紙に包んだ金子《きんす》を取り出しました。

「その代り、どうぞこれを。和尚さまの御恩は一生忘れません。本当にありがとうございました」

「何じゃ？　金《かね》かね。わしはそんなもんより……」

お雪は丁重に礼をいうと、素早く帰って来たのでした。光念はお雪の帰った後、紙包みを開けてみて、その金額の多さに驚きました。それはお雪の有り金の大半だったのです。光念は「ふむ……」と首をひねり、

「ちと多過ぎるが、返してはかえって失礼になるかものう。まあいいじゃろうて」

と、ひとりで納得したのでした。

数日後、世之介がお雪の家へやってきました。世之介はあの町娘とうまくいかなくなっていました。世之介は実家近くに間借りして町娘と同棲したのですが、町娘は美しいばかりで料理、裁縫何一つ満足にできないのでした。また、朝ねぼうで、全ての面でだらしがなかったのです。世之介は町娘と別れる決心をしました。そういう折、光念からお雪の胸のものが取れたという話を聞いたのでした。

世之介はもう一度やり直そう、改めて自分の嫁になってくれとお雪に話しにきたのでした。また、このことは今はもう両親も納得してくれていて何の障害もないということも話しました。お雪はいいました。

「そのお話はもう少し前に聞きとうございました。以前なら喜んでありがたくお受けしたでしょう。でも、私はもう決心したのです」

「え、何をですか？」

「お雪は髪を切り尼寺に入ることにしました」

世之介は、尼寺になど入らないようにと必死に説得しましたが、お雪の厳しい眼差しはその決意の固さを示していました。世之介はすごすご帰らざるをえなかったのです。

お雪はひからび黒ずんだ奥方の手を、上等な白木の箱に入れようとしました。その時、お雪にはその醜いはずの両手が、何かとてもいとおしいもののように思われたのでした。お雪はその白木の箱を丁重に土に埋めました。


お雪が髪を落とした日も、やはり雪桜の日でした。春とはいってもまだ寒く、満開の桜にちらちらと雪が降っていたのです。お雪は法名を脱雪と改め、京のある尼寺に入りました。亡くなった奥方の戒名「妙香院殿知山涼風大姉」と書いた位牌をつくり、お雪はその一生の間、毎日位牌の前で供養をしたそうです。

「因果話（霊の日本）」より
（以上は小泉八雲原作）

版画「夜のプッチーニ」奥沢　拓・作

Ⅱ

嗤《わら》う男

むかしむかし、とある村に喜作という若者が田畑を耕し一人で暮らしていました。喜作は美丈夫で、また大変嗤い上戸でした。柿の実が落ちるのを見ては嗤い、雪が降るのを見ては嗤いました。それればかりではなく業病やみの物乞いの母子を見ては嗤い、また屈背《くぐせ》の老人を見ては嗤いました。

ある日の夕方、喜作はきゅうりなど野菜のいっぱい入った籠を背に家路を急いでいました。すると向こうから腰がくの字に曲がった白髪の老婆が、ぴこたんぴこたんと歩いてきました。喜作は老婆を指さし、またいつもの調子でけたけたと面白そうに嗤いました。喜作を見て、老婆もまたこけた頬にうっすらと嗤いを浮かべていいました。

「そんなに可笑《おか》しいかよ?」

喜作はなおも嗤い続けながら、

「そりゃ、可笑しいべさ。お婆ぁの歩き方はとてもふつうとはいえねえ。ふつうじゃねえってことは可笑しいってことだべさ」

「けどね」

老婆は相変わらず口元に微かな嗤いを浮かべながら、

「お前さんだっていつかはこんな風になるかもしんねえよ」

「ハッハハ、おらはそんな風にはなんねえよ」

喜作は体力には自信がありました。

「お前さん、こんな風にならずに済むってことはどういうことだか、よく分かっていないようだね」

喜作はそれでも転げるように嗤い続けていました。老婆も「ヒッヒヒ……」と嗤い、

「お前さんは本当に嗤うのが好きな男だね」

「ああ、嗤うのは体にもええだ」

「それじゃ、いつまでも嗤い続けられるようにしてあげようかい」

そういうと老婆は喜作に背を向け、ぴこたんぴこたんと足を引きずるようにして去っていきました。その後も喜作は老婆の後ろ姿を指さし、しばらく嗤い続けていました。

老婆の姿が遠くの森の中に消え、喜作は嗤うのを止めようとしました。ところがどうしたことでしょう。喜作はどうしても嗤いを止めることができなくなってしまっていたのです。村はずれの泉で水をごくごくといっぱい飲んでみました。高い所から飛び降りてもみました。それでも嗤いはいっこうに止まりません。あの老婆は妖術使いだったのでしょうか。

それから喜作は面白くも可笑しくもないのに、ただひたすら嗤い続けました。昼も夜も。朝餉《あさげ》の時も夕餉《ゆうげ》の時も。飯を食べながら嗤い、嗤いながらみそ汁を飲みました。ですから喜作は十分に栄養をとることができませんでした。また夜寝ている時も嗤いは止まりません。やっと寝ついたと思っても、すぐに自分の大きな嗤い声で目が覚めてしまうのです。むしろ肥り気味だった喜作の体はみるみるうちに痩せていきました。喜作は嗤いながらつぶやきました。

「おら、このままじゃ死んじまう」

次の日、喜作は森の中へ老婆を探しにいきました。老婆は待っていたかのようにすぐに現れました。喜作は老婆に取りすがり、

「お婆ぁ、おらが悪かった。許してくんろ」

「それだけかい？」

「おら、業病やみの物乞いの母子を見ても、もう決して嗤ったりしねえ。屈背の老人を見ても絶対に嗤ったりしねえ」

喜作は嗤い続け、また目から涙をぼろぼろこぼしながら老婆の前に土下座しました。

「お前さん、まだ本当には分かっていないようだね。いいんだよ、いつまでも好きなだけ嗤っていて」

「お婆ぁ、お願いだ。助けてくんろ。おらはもう一生人を嗤ったりしねえ。どんなに可笑しくても嗤わないようにすっからよ」

老婆はしばらくじっと喜作の顔を見ていました。そして、突き放すようにいったのです。

「お前さん、そのまま一生嗤い続ける他ないようだね。幸福《しあわせ》だろう、嗤いながら死ねるんだから」

老婆は去っていき、喜作はあとに取り残されました。

喜作はやっとの思いで立ち上がると天を仰ぎました。それから嗤いながら泣き、また泣きながら嗤いました。けれども、そんなことにはお構いなく、喜作の頭上には雲ひとつない大空がただ静かに広がっているだけでした。

戻り橋

都も近い山の麓のある村に、若い娘が両親や弟たちと一緒に平穏に暮らしていました。両親は田畑で米や野菜をつくり、娘もそれを手伝って一家は暮らしをたてていたのです。陽《ひ》の出とともに田畑に出て、陽が沈む頃一日の仕事を終え家へ戻ってきました。娘は大切な働き手でした。弟たちが幼子《おさなご》の時、子守は娘の仕事でした。その辺《あた》りは土地も肥え、例年稲の実りもよかったのです。

村の裏手は深い森で、その奥は高い崖でした。さらにその向こうは切り立った山が天へとそびえていました。また村の表側には大きな川が流れていて、その川には長い木の橋が架かっていました。その橋がいつつくられたかは村一番の年寄りでも知りませんでした。その橋は渡らずの橋という不思議の橋でした。その橋を渡っていく者はなく、また渡ってくる者もなかったのです。その橋はただ昔からあり、これからもそこにずっとあり続けるだろうと思われました。

娘は生まれてからこれまでずっとこの村から一歩も外へ出たことはありませんでした。それは娘の両親も、また村人たちも皆同じだったのです。

娘はかなり以前から、この村の外を見てみたい、村を出てどこか他のところで暮らしてみたいと思うようになっていました。自分が今は一家の大事な働き手であることは分かっていましたが、もうそろそろ弟たちに代わってもらってもよいだろうと考えました。

ある日、遂《つい》に娘は今日この村を出ていこうと決めました。とりあえず都へいけば、何かしらの働き口は見つかるでしょう。娘は相談すれば止められるに決まっているので、誰にも何もいわず両親に置き手紙を残し、乾し飯《ほい》や木の実など何日か分の食べ物、また泉の水を入れた竹筒を持って身仕度を整え、気づかれぬようそっと家を出ました。

娘が村外れの地蔵堂を通り過ぎ橋のたもとまでやってくると、そこの大きな石に白いあご髭《ひげ》の老人が腰かけていました。見たことのない老人でした。村の中ではお互いほとんど皆顔見知りだったので、娘は少し不思議に思いました。長い間寝込んでいた老人が、身体の調子がよくなって久しぶりに日向ぼっこでもしているのだろうか、とも思いました。

娘が黙って通り過ぎようとすると、老人のほうから声をかけてきました。

「もし、そこの姉《あね》さま。この橋を渡っていくつもりなのかね？」

娘は振り返り、黙って肯《うなず》きました。

「向こう側には何かよいことがあると思っていなさるか？　向こう側では今より幸せな暮らしが、両手を広げて待っててくれるとでも思っていなさるか？」

「別にそう思ってる訳じゃねえけんど」

娘は、老人は一体何がいいたいのだろうと思いながら、

「向こう側には何かがある、今まで見たことのない何か、今まで知らなかった何かがきっとあると思うだ」

「確かにそれはそうかもしらん。じゃがの……」

老人は娘をしばらくじっと見つめてから、おもむろにいったのでした。

「お前さん、一度この橋を渡ったら、もう二度とこっちへ戻ってきてはいけんよ。もし万一戻ってきたら、お前さんの身に取り返しのつかない大変なことが起こるじゃろうて」

「何だべ？　大変なことって……」

娘は少しうす気味悪くなって聞きました。

「それが何かはわしにも分からぬ。じゃが、お前さんはこの橋を渡ろうという大それたことをやろうとしているんじゃからの」

娘は何か不吉な予感がしましたが、きっぱりと前を向き橋を渡り始めました。少し歩いてから振り返ると、老人の姿はかき消すようになくなっていました。娘はまた前へと進み始めました。

橋はゆるやかな上り坂になっていました。真ん中辺りまでくると、やっと向こう岸が見えました。

道は彼方の高い山々へと、うねるようにのびています。

娘はまた歩き始めました。もう陽はかなり高く昇っています。娘は橋の隅に座り竹筒の水を飲み、しばらく休みました。ふと下を見ると、川の水はとぐろを巻いてうねるように流れていました。少し怖《こわ》くなりましたが、また立ち上がり気を取り直して歩き始めました。

ふと気づくと、前方の高い山々の間から黒い雲が徐々に湧き始めていました。

そのうち娘はやっと橋を渡りきり向う岸へ着きました。娘はおずおずと前方を見上げました。山々は今度は急に近くに見え、娘の前に立ちはだかるようにそびえていました。

それでも娘はまた歩き始めました。平坦な道が少し続くと、その先は急に険しい坂道になっていました。立ち止まり前方の山々を仰ぎ見ると、ぽつぽつと雨が降ってきました。

いつのまにか黒い雲が、空を厚くおおっています。風も吹き始めました。前へ進まねばならないと思いながらも、どうしてもいま一歩が踏み出せないのでした。そのうちしだいに風雨は強まってきました。

娘は両親や弟たちのことを思い出しました。両親と一緒になすやトマトをもいで、籠いっぱいに入れ、手をつないで夕陽の中を家へ帰った日。弟たちと一緒に双六をやって遊んだ正月。振り返ってみれば幸せな思い出だけが記憶に残っています。

やがて風雨はますます強まり、雨が頬を叩《たた》きつけ、風が髪を巻き上げました。娘は一歩、また一歩と今きた道を後ずさりし始めてしまったのです。

娘は遂《つい》に踵《きびす》を返し来た道を戻り始めました。するとどうでしょう、急に黒い雲は山々の向うへと去っていき、青空が現れたのです。風もおさまりました。けれども、もう娘には再び向こうへいこうという気が起こりませんでした。とぼとぼと、自分の住んでいた村へと向かって橋を戻っていったのでした。

娘は老人の話を思い出しました。戻ったらどんな大変なことが起こるというのでしょうか。少し不安になりました。昔、一人の村人が裏山に数日間迷い込んでしまい、それから何とか村に戻ってみたら、実際には数十年の歳月が流れていたという話がいい伝えられていました。

夕陽が山の端に落ちかかる頃、娘はやっと橋のたもとへ戻ってこれました。あの老人にもう一度会ってみたいと思いましたが、老人の姿はどこにも見あたらず、どうやらそれはもう無理のようでした。

橋のたもとからは、今まで見ていたのと同じ田畑の光景が眼前に広がっています。娘はほっと胸をなでおろしました。

と、その時でした。川沿いの地蔵堂の陰から、野良仕事を終え背に籠をしょった両親の姿が現れました。あの老人のいったことなど本当は何も気にしなくてもよいのだ、と思いました。娘は嬉しくて思わず声をあげました。

「お父《と》ぅ！　おっ母《か》ぁ！」

娘はすぐに近寄って両親の胸の中に飛び込んでいこうとしました。ところがです。両親はまるで見知らぬ他人のように娘を見ていうのでした。

「お前さん、一体誰だい？」

「見慣れないきれいな娘さんじゃが……」

そういった後、父親は母親のほうを振り返り、小声で、

「この娘、ちょっとおかしいのかも」

などと平気でいうのでした。娘は初め、黙って家を出てしまったので、そんなことを言って自分をからかっているのではないか、と思いました。

ちょうどその時、両親を迎えにきた弟たちが現れました。これはよかった、と思いました。娘は弟たちの名を呼んで抱きしめようとしました。ところが弟たちは後ずさりしながら、見知らぬ他人のように見るのでした。上の弟が娘にいぶかしげにいいました。

「おめえは一体だんじゃ？」

「おら、おめえたちの姉さまでねえか」

と、娘はいうのですが、上の弟はさらにはっきりいうのでした。

「おらたちには姉さまなどいねえ。二人兄弟だし、おめえのことなど知んねえぞ。なあ」

などといって下の弟に同意を求めるのでした。下の弟も真顔で、「んだ、んだ」と肯くのでした。娘はだんだん必死になってきて、

「何いってるだ、おらおめえたちのことはよく知ってるぞ」

そして、上の弟に向かっていいました。

「おめえは去年の冬、風邪こじらせて大変だったべ？　それでおらが冷たい手拭い額に当

てやったり、ずい分面倒みてやったべ」

「んでねえよ。たしかにひどい風邪はひいたけんど、おっ母ぁが一生懸命面倒見てくっちゃだよ」

見ると母親も、そうだそうだ、という風に肯いています。上の弟はさらに、

「おめえなど、人の面倒みるよりみられるほうでねえのか」

などと言うのでした。

娘は今度は下の弟にいいました。

「おめえの左の尻っぺたにはもみじのような赤い小さなあざがあんべ？　おら、おめえを赤子の時からよく風呂さ入れて洗ってやってたからちゃんと知ってるだ」

「おら、そんなこといわっちぇも、自分じゃ見たことねえから分かんねえ」

下の弟は困ったように口をとがらせていいました。母親がすぐにいいました。

「お前さん、何でそんなことまで詳しく知ってるだ？」

両親も弟たちも皆、いぶかしそうな表情で娘を見るのでした。どうやら本当に皆、自分のことを知らないということが、娘にもやっと分かったのでした。あの老人が言っていたことはこのことだったのか、と娘はやっと気づき、その場に泣きくずれました。

村では気のふれた若い娘が川向うからやってきたというので大きな噂《うわさ》になりました。何しろ橋を渡って人がやってきたなどというのはこれまでなかったことでした。その見知らぬ娘は、数年前に川が洪水を起こしたとか、いつに寺が火事になったとか、また村人たちのこともけっこうよく知っていたので不思議がられ、また少しうす気味悪く思われたのでした。村人の中には巫女《みこ》として何かの役に立つのではないかという者もいましたが、それとは少しちがうようでした。

けれども危険はないようなので、村人たちもだんだん娘を受け入れるようになっていきました。娘が親だと思い込んでいるその夫婦はとりわけ親切でした。

娘は川辺の地蔵堂に住まわせられることになりました。その夫婦はおにぎりなどの食べ物を差し入れてくれました。また、娘は少しおかしいだけで凶暴性などはないということが分かると、しだいに他の村人たちも食べ物や衣服などを差し入れてくれるようになりました。村人たちは皆、その娘をかわいそうな狂女だと思ったのでした。

娘は川のほとりで一人、しくしくと泣いていることが多かったといいます。ある日、川の流れを見ながらいつものように泣いているうちに、身体がだんだんこわばり硬くなっていき、とうとうしまいには本当に石になってしまったということです。この石は今も奥会津の只見川支流のほとりに残っていますが、じっと見ていると本当に若い娘がうずくまっているように見えてきます。

黄金《こがね》の糞をする男

むかし、奥州の山奥に八巻《やまき》村という小さな村がありました。村人たちは山の斜面を棚田や段々畑にして、米や野菜をつくって暮らしていました。いつからか、この村に吾作という図体の大きい若者がよそから流れついて住みつくようになりました。

吾作は大きいだけあって力はありましたが、「大男、総身《そうみ》に何とかが回りかね」のたとえ通りのところもあったようです。吾作は村はずれの空き家に住み、村人たちの田植えや稲刈りを手伝ったり、また木を切り倒すなどの力仕事をやって米や野菜などをもらい暮らしをたてました。

その頃、田畑の肥料には人糞尿が使われていました。ある日、仙太という中年の村人が自分の畑でとれたなすやきゅうりを手みやげに、吾作の家の糞尿を譲ってくれないかとやってきました。吾作も貴重な食べ物が手に入るので快く承諾しました。

仙太は吾作の家の糞尿を肥桶《こえおけ》に汲《く》み取って持ち帰り、さっそく畑にまきました。まかれたその下肥《しもごえ》を見て、仙太は思わずぎょっとしました。汲《く》み取っていた時には気づかなかったのですが、その下肥の中にはたしかにキラッと輝くものがあるのです。よく見ると、それは小さな黄金《こがね》のかけらのようでした。仙太は手が汚れるのもかまわず下肥をひっかき回してみました。

「ふうむ？　これはまさしく……。なして吾作の糞の中になど」

仙太は肥桶の中身を全部あけてみました。すると黄金のかけらは糞の中にたくさん混じっているのです。仙太は黄金のかけらを近くの川の水でていねいに洗い、全て自分の懐へ入れました。

翌日、仙太は米を持って、再び吾作の家を訪れました。そして、また糞尿を譲ってくれるよう頼んだのです。吾作は不思議そうな顔をして、

「なして、おら家《い》のばかり？」

「おめえは自前の田畑がねえだから、肥やしはいらねえべや？」

「そりゃあ、そうだけんじょ、こんなに米もらってええだか？　それにもう余り残ってねえべと思うだ」

「いや、あるだけでええだ」

そういうと、仙太はたまっている糞尿のほとんど全てを汲み取って持ち帰ったのです。そして、その糞尿をまた調べてみると、やはりかなりの黄金のかけらが混じっていたのです。しかし、どうやら吾作はそのことに気づいていないようでした。

「こりゃあ、どうしたものだべ?」

と、仙太はつぶやきました。初めはこのまま黄金を独り占めしようかと思いました。しかしそうすると、後で他の村人たちに分かった時、ちょっと困ったことになるかもしれないとも考えました。

そこで仙太は実の兄で村の有力者でもある権造に相談することにしました。相談を受けた権造は初め半信半疑でした。しかし、黄金のかけらを見せるとさすがに驚き、それでも一応はかじってみて、「これは本物だ!」と確信したのでした。

権造はすぐに村人たちを集め寄合を開きました。そこで皆で話し合った結果、吾作の糞に含まれる黄金は村全体のものにしようということになったのです。ただし、このことは吾作本人には黙っていようとも。しかしまた一方、吾作本人は大切に扱ってやろうということにもなりました。

村の男たちの手で、林の木を切り倒し、吾作の家が新しく建てられました。太い柱が使われなかなかりっぱな家でした。その家で吾作は働かずとも白米のめしに川魚などのごちそうを毎日食べ、酒を飲んでいてよいことになったのです。

吾作は人のよさそうな笑いを口元に浮かべ、

「おらみたいなもんのために済まんのう。おらの糞がそんなに皆の役にたつだか？」

「たつ、たつ」

権造は笑って答えました。

「おめえの糞の中には特別の肥やしが入ってるだ。だから作物がよく育つだ」

吾作の糞の中に黄金が混じっていることは村中の公然の秘密でしたが、ただ吾作本人だけがそれを知らないのでした。権造はいいました。

「吾作、おめえにはうめえものをいっぺえ食わせてやっからな。おめえはたらふく食ってぎょうさん出せや。それがおめえの仕事なんだからな」

「そうかあ？」

と、吾作は肯《うなず》きました。

大男の吾作がごちそうを食べたいだけ食べて出す糞の量は半端ではありませんでした。

大量の糞の中から取り出される黄金の量もまたかなりのものだったのです。

　貧しい村でしたが、黄金が手に入るようになり以前に比べ生活はずっと豊かになりました。どこの家でも鶏を何羽も飼えるようになり、また皆腹いっぱい白米を食べることができるようになりました。米は足らなければ町へ下《お》りていって買ってくることもできました。男たちは毎晩酒を飲み、女たちは誰でも祭りなどお祝いの時は、上等のかすりの着物を着ることができるようになりました。また、ようかんのような上等のお菓子も食べることができるようになったのです。


　けれども、人の欲望には限りがないものです。黄金はありすぎて困るということはありません。また、村人たちの中には吾作が働きもせずに毎日酒を飲み皆より上等のごちそうを食べているのを、面白くなく思う者もいたのです。それに交代とはいえ、毎日、吾作の糞の始末を面倒がる者も出てきました。

　そのうち村人の中から、吾作は人間の皮を被《かぶ》った黄金ではないか、と言い出す者も出てきました。つまり吾作の肉体は、頭の中も腹わたも中身は全て黄金が詰まっているのではないか、というのです。その噂《うわさ》はしだいに村人たちの間に広まっていき、やがて村人たちは皆、それを信じてしまったのでした。もし本当に吾作の肉体に黄金が詰まっているなら、毎日糞の中から少しずつ黄金を取り出すなど面倒なことをせずに、いっそひと思いに――。そのほうが手っとり早くて簡単です。幸か不幸か、吾作には身寄りがありません。

村人たちの気持ちがそんな風に変わってきていることに、吾作はまるで気づきませんでした。

ある晩、権造と仙太、その他村の屈強の男たち数名が、吾作の家に酒をもって現れました。皆で談笑しながら酒を飲み交しました。吾作にはどんどん飲ませ、権造たちはかげんしながら飲むのですが、吾作は少しも気づきません。

吾作が厠《かわや》にたった時、仙太は予《あらかじ》め皆で示し合わせておいた通り、吾作の湯呑みの酒の中に眠り薬を入れました。戻ってきた吾作は、それとは知らずその酒を飲みほしました。

しばらくして吾作は、「おら、はあ、どうしただべ。眠うなってしもうた」などといって、その場に横になって眠ってしまいました。権造たちが、「おい、吾作、もっと飲むべよ」などといって揺すっても、高いびきをかいて眠り込んだままでした。権造や仙太たちは、目配せしにんまりと笑いました。そして、予め入り口へ置いておいた鍬《くわ》や鎌《かま》などをてんでに持ってきたのです。

まず権造が眠っている吾作の首すじに鎌で切りつけました。「ギャアー！」と、大きな叫び声をあげ、吾作は跳《は》ね起きました。そして、鍬や鎌を構えた権造たちをみて、目を丸くしました。

「なして？　なしておらを……⁉」

吾作の首すじからはおびただしい血が流れ落ちています。権造が言いました。

「冥土《めいど》のみやげに聞かせてやろう。吾作、おめえの糞の中には黄金が混じってるだ」

「ひょえ――‼　黄金がおらの……？」

吾作は真底おどろきました。

「おめえの体の中には黄金が詰まってるっちゅうのは、先刻お見通しよ。おめえには何のうらみつらみもねえし、またおめえに何の罪、科《とが》もねえが死んでもらうべ。村の皆のためだ」

「待っとくれ、権造どん。何もおらを殺すことはねえべ。生きとった方が得だべ？　ずうっと黄金が手に入るだから」

「そういつまでも待っていられねえってことよ」

そういうやいなや、権造はまた鎌で切りつけたのです。それを合図のように仙太たちも吾作に飛びかかっていきました。吾作は大男の力持ちで暴れに暴れましたが、多勢に無勢、敵《かな》う訳がありません。辺《あた》りはまたたく間に血の海となりました。吾作はなますのように切り刻《きざ》まれついに息絶えたのでした。

その後、皆で吾作の肉体から黄金を探しました。ところが、肉体をいくら切り刻んでも黄金は出てこないのです。ついにはのこぎりで頭骨も切ってみましたが、ただ血が噴き出すだけでした。吾作の肉体はただの人間の肉体だったのです。

結局、吾作を殺したことによって、村人たちは今まで得られていた分も得られなくなってしまったのでした。その後、権造たちは吾作の遺骸を菰《こも》にくるみ山の頂へ運び、一応は丁重に埋めました。村人たちは負い目もあり、村の墓場には埋めたくなかったのです。

吾作が殺されてから何ヶ月か経ちました。その頃になると、近いうちに吾作の祟《たた》りがあるという噂が村の誰からともなくいわれるようになりました。

秋も深まったそんなある日、村人たちは総出で、稲刈りをやっていました。すると突然、吾作を埋めた山の頂の方に、黄色っぽい雲が湧《わ》き起こったのです。その雲はしだいに大きくなりながら、この八巻村をめざして低く流れてくるのでした。権造や仙太など村人たちは皆、畏《おそ》れおののきました。あの雲は吾作の呼んだ雲にちがいない、祟りだと。そして、皆思ったのでした。あの黄色っぽい雲はきっと大量の糞尿を落とすにちがいないと。雲は近づくにつれますますその速さを増してくるようでした。心なしか、少しにおってくるような気もします。村人たちはなかなか逃げるに逃げられませんでした。

雲は村の上あたりまでくると、ぴたりと止まりました。次の瞬間、何か黄色っぽいものがどうっと音をたてて落ちてきました。権造も仙太も村人たちは皆、畏《おそ》れで悲鳴をあげました。

ところが……⁉

雲から落ちてきたのは糞尿ではありませんでした。何と、黄金のかけらだったのです。小さな黄金の破片だけが雨、あられと降ってきたのです。村人たちは今度は歓喜の声をあげ、皆我先にと黄金のかけらを拾い集めました。

「黄金だ！　黄金だ！」

「吾作、ありがとよ。ほんにすまねえな」

「吾作、おめえはやっぱりいいやっちゃ。仇を恩で返してくれるだもな」

「吾作さまさまだあな」

村人たちは皆、口々に吾作に礼をいったのです。想像を絶するほどの大量の黄金が落ちてくるのをみて皆、大喜びでした。これだけの黄金があれば、一生働かずとも豊かな暮らしができることでしょう。

ところが……⁉

黄金のかけらはいつまでたっても止むことを知らなかったのです。村人たちの顔にはしだいに不安の色が浮かんできました。

その時、雲の上から吾作のいつもの聞きなれた声が明るくひびいてきました。

「そんなに黄金が欲しいだか？　そんならいやっちゅうほどくれてやんべえ」

「吾作、黄金はもう十分だ。ありがとよ」

権造は降りしきる黄金の中で必死にいいました。しかし、黄金は降り止まず、権造も仙太も村人たちは皆、黄金の中に埋まっていき身動きがとれなくなってしまいました。一体どうなるのだろう、恐怖の叫び声をあげる者が続出しました。しかし、そんなことにはお構いなく黄金はまだまだ降り続いたのです。やがて肩まで、そしてほとんどの村人の頭まで黄金の中に埋まってしまいました。黄金の中から手が、何かを求めるように空《くう》へ伸びていました。それは肉の花のように妖しくうごめいていましたが、降りしきる黄金のかけらの中に埋もれ、やがて全く見えなくなってしまったのです。

しばらく経って、黄金を全て落としきったのか、また雲ひとつない秋の空となりました。山間《やまあい》の村が黄金で埋めつくされてしまうと、そこは巨大な黄金の池のようでした。池は今まで起こったことなど何も知らないという風に、いつまでもきらきらと黄金色に美しく輝いていました。

奥州の八巻金山は寛政の頃、徳川幕府によって発掘されましたが、その時かなりの人骨が見つかったということです。一時は佐渡の金山と並ぶほどの採掘量を誇りましたが、採りつくされたのか、明治の半《なか》ば頃に閉山されました。

影

江戸に近いとある町に誠吉という若者が一人で住んでいました。誠吉の両親は町はずれで小間物屋を営んでいましたが、一昨年あいついで亡くなり、誠吉は親の残してくれたわずかの金《かね》でやっと暮らしていました。誠吉には源太という余り素行のよくない兄がいました。源太は両親が亡くなる数年前に出奔《しゅっぽん》し渡世人になっていました。

誠吉は子どもの頃は真面目《まじめ》で大人しい品行方正の子どもでした。特に習字は子どもたちの中でぬきんでて上手《うま》く、町内で何回か表彰されたこともありました。しかしその反面、がむしゃらに働いて稼ごうというような生活力には少し欠けているようでした。そのため両親が亡くなってから店はほとんど開店休業という状態でした。特に最近は店そのものを閉めてしまっていました。

子どもの頃はかなり良い子といわれていた誠吉ですが、親の亡くなった頃から何かと問題を起こすようになりました。誠吉の家は先祖代々近くの仁明寺《にんみようじ》の檀家になっていましたが、その寺の住職月心のおかげで誠吉は問題を起こさなくはなりました。しかし、それで万事問題が解決したという訳ではなかったのです。後で述べますが、また新《あら》たな問題が起こったのでした。

ちょうどその頃でした。何年も音沙汰のなかった兄の源太が正月を前に家に戻ってきたのです。渡世人となった源太は、その辺に生えている草をさもよく効く薬草のようにいって高く売ったり、また自分の鼻くそを麦粉と一緒に丸め風邪薬として売っていました。またいかさま賭博のようなことも平気でやっていました。

源太は誠吉から両親が亡くなったことを聞かされ、すぐに親の位牌に手を合わせました。それから、誠吉の方を見て、

「俺がこんなだからなあ。お前が何とかちゃんとしているから、おやじもおっ母《か》ぁも安心して……」

ところが、誠吉の様子が少しおかしいのです。昔は大人しいとはいってもそれなりにしゃんとしていたのに、今はまるで生気《せいき》がなく半分死んでいるような感じなのでした。

「誠吉、お前、どうしたんだ？　元気ねえな。親が亡くなったからか？　親なんていつか

死ぬものなんだよ。そんなことより今夜はこころゆくまで飲もうぜ。二人だけの兄弟が何年ぶりかで会ったんだ」

それでも誠吉は何故かまだもじもじしているのでした。

「分かった！」

源太は、はたと膝を打ちました。

「お前、俺が親の残した金《かね》半分よこせとかいうと思ってんだろ？　俺はそんなみみっちいことといわねえよ。全部お前が持ってけ。何てったって年とった親の面倒ずっとみてきたのはお前なんだから」

まあ実際は、亡くなるまでは誠吉の方が親に面倒をみてもらっていたのですが。

「心配すんなって、俺はけっこう稼いでいるしよ」

本当は源太も大して稼いではいなかったのです。誠吉がやっと重い口を開きました。

「兄《あん》ちゃん、本当いって金《かね》はもうあんまりねえんだ。親の残してくれた金《かね》はほとんど使っちゃったし……」

「ふうーむ？」

誠吉はしばらく何かいいたそうにしていましたが、やがて意を決したように、

「兄ちゃん、俺、悩みがあるんだ」

「そうか……？　ま、悩みなんて誰にもあるもんだ。お前の悩みなんか、どうせ大したことないだろうが、兄ちゃんが聞いてやるって。何だ、草津の湯でも効かないってやつか？」

その頃、草津の温泉の湯は何にでもよく効くのですが、恋患《わずら》いにだけは効かないといわれていました。

「何でもいっちまいな。そのほうが楽になるって。兄ちゃんは恋の達人だからな」

誠吉はしばらくためらっていましたが、

「俺、ここしばらくずうっと家から外へ出てねえんだ」

「え、何で⁉」

と、ちょっと驚いた源太ですが、すぐに、

「そんなのお前、大した問題じゃねえじゃねえか。外へ出りゃいいんだから。別に足が悪いって訳じゃねえんだろ？」

「けんど、俺……」

誠吉は何故か煮えきりません。

「誠吉、お前、今流行《はや》りの引き込もりか？」

誠吉は黙って下を向いたままでした。

「そうか……。俺なんか、お前より若い時からずっと働きづめだったからな。まあ、あんまり人に自慢できるような仕事じゃねえけどよ。まあ、とにかく今夜は気にしないで思いきり二人で飲み明かそうぜ」

その夜、誠吉と源太は居間でこたつにあたりながら酒を飲み交しました。

「まあ、元気で生きているっつうのは、それだけでいいことだよな。こうやって一緒にうまい酒飲めるんだから」

飲んで食ってしゃべるのは、ほとんど源太でした。誠吉は大人しく聞いていて、少し飲むだけでした。そのうち源太は立ち上がり、

「ようし、俺あ、しょんべんするぞ」

と、宣言するようにいい、庭への障子をがらりと開け縁側へ出ました。外は満月で明るい光が居間の中へ入ってきました。冷たい外気は酒であたたまった身体にはかえって快いものでした。源太は縁側から庭へ下りました。月の光が源太の影を地へくっきりと黒く映し出していました。

「誠吉、お前も来いよ。いい月だぞ」

「俺は厠《かわや》で……」

と、誠吉はしょんぼりした様子でいうのでした。

「馬鹿！　何上品ぶってんだよ。いいから来いって。月を見ながら連れしょんなんて粋なもんじゃねえか」

誠吉は、やがて意を決したように庭へ下りてきました。そして、源太の隣に並んで連れしょんを始めたのです。

「そうよ、男同士そうこなくっちゃ」

それから、源太はふと誠吉の後ろを見てぎょっとなり、しょんべんも止まってしまうほどでした。源太がこんなに驚いたのは生まれて初めてでした。

なぜなら、誠吉には影がなかったのです。

「誠吉！　お前、か、影が……⁉」

「兄ちゃん、なかなかすぐにはいえなかったけんど、俺には影がないんだ。俺の本当の悩みってのはそのことなんだ。訳を聞いてくれるよね？」

その後、居間に戻ると、誠吉は影を失ったその訳を、ためらいがちに源太に話し始めました。それは次のような内容でした。

両親があいついで亡くなった後、誠吉は少し精神が不安定になっていました。それまでほとんど飲まなかった酒も飲むようになりました。居酒屋で飲んでいて、もうそろそろ自分では切り上げようと思っても、影が許してくれないのです。黒い影が誠吉の意志とは反対に誠吉をひきとめるのでした。影は影で自分の意志を持ち、勝手に誠吉を操ろうとするのでした。いつもたいていは影の意志に誠吉の意志が負けてしまい、影のいいように操られてしまうのでした。そのため誠吉はぐでんぐでんに酔っ払い午前さまとなってしまうこともしょっちゅうでした。親の残してくれた金《かね》もどんどん失くなっていったのです。

また、橋を渡ろうとした時のことです。よろよろと歩いている年寄りのはげ頭を、影に操られ思いっ切り叩き、その上蹴飛ばして年寄りを転倒させ怪我をさせてしまいました。それればかりでなく影によって誠吉の手が店から酒でも菓子でも何でも欲しいものを、勝手に持ってきてしまうのです。

一番困ったのは誠吉が以前から思いを寄せていた反物屋の美しい一人娘のお吉に対してでした。お吉が芝居小屋にいこうとすればそのあとを、三味線を習いにいこうとすればそのあとを、影が誠吉を強引に引きずっていくのです。また影は日に何十通もの恋文を誠吉に書かせました。そして、影は誠吉を無理矢理お吉の家へ連れていき、お吉の部屋の窓の透き間から、一日のうちに何通も恋文を入れさせたのです。あげくにはもの干しざおに掛けてあったお吉の赤い腰巻などを盗ませたのでした。

お吉の方では誠吉の行為を迷惑に思い、遂にお吉の父親が奉行所に訴え出ました。以前は真面目《まじめ》の上に何かがつくとまでいわれた誠吉ですが、最近は他にも目に余る所業が多く、奉行所では誠吉をしばらく牢屋に入れておこうとしました。しかし仁明寺の月心和尚が、むかしからのよしみで自分が責任をもつからと、誠吉の身柄をひき受けてくれたのでした。

月心は誠吉の話をよく聞いてくれました。誠吉が涙ながらに自分の辛い状況を話している間にも、行灯《あんどん》の灯りで畳に映った影は誠吉を何とか操ってやろうと蠢《うごめ》いていました。

月心は誠吉の話を聞き終ると、

「誠吉、お前の話はよく分かった。そのお前の影がお前の意志に反して、お前に悪い行いをさせるというのじゃな？　ようし、少し待っておれ」

といって、奥の部屋へ引っこみました。やがて月心は大きなはさみと、漆塗りの立派な木箱を持って現れました。影はそれを見て少し怯えたようでした。月心はいいました。

「このはさみは先祖代々うちの寺に伝わる由緒ある特別なはさみなのじゃ。またこの木箱には、そのむかし唐の玄奘《げんじょう》（三蔵法師）がはるか天竺《てんじく》より持ってきた大切なお経の一部が入っておる。まあ、その写しじゃがの」

誠吉の影ははさみと木箱を見ると怖《おそ》れを覚えたのか、何とか逃げ出そうともがき始めました。しかし、その影はもとより誠吉の身体にぴったりくっついているのですから離れることはできません。月心はお経を唱え始めました。すると、影はますます激しく暴れ出しました。月心はきびしくいいました。

「影よ、暴れるでない。大人しくしておれ」

影は少し大人しくなりました。月心はお経を唱えながら影を押さえつけ、もう片方の手ではさみを取り上げると、誠吉の足下から影をじょきじょきと切り取り始めました。誠吉は驚きのあまり口もきけませんでした。

月心は影を切り取ると、いやがるその影を無理矢理折りたたんで、お経の入っている箱にしまいこんだのでした。呆然としている誠吉に月心はにっこり笑って、

「誠吉、もう大丈夫だ。これでお前はもう自由になった。自分の思う通りにやればよい。お前の影はお経とともにこの箱に入っている限り、永遠にこの箱から外へ出ることはできぬ。これでお前も悪さをせずに済むじゃろうて」

その後、誠吉はもう問題を起こすことはなくなりました。しかし、影がないことは誠吉の誰にも知られてはならない秘密になってしまったのでした。誠吉は昼日中、外を出歩けなくなったのです。それは月夜の晩でも同じことでした。雨や曇りの日にたまに外へ出てみることはありました。ところがある雨の日、誠吉は久しぶりに外を歩いていましたが、途中から雨が止み日が射してきました。誠吉は知り合いに会わないよう慌てて逃げ帰ってきたのでした。

こうして誠吉は引き込もりとなり、大人しいというよりは生気《せいき》のない無気力な若者となってしまったのでした。

以上が誠吉が語った内容です。源太は話を聞き終って何とか誠吉を元気づけてやりたいと思いましたが、うまい言葉が見つかりませんでした。

その夜、源太と誠吉は何年ぶりかで枕を並べて寝ました。源太は誠吉に取り憑いていた影とはそもそも一体何なのだろう、何かの意味でもあるのだろうかとふと思いました。考えれば考えるほど迷路に迷いこんでいくようでした。隣で誠吉はしくしく泣いていました。

それから何日か経ち、大晦日の夜になりました。月心は寺の本堂で誠吉の影を閉じ込めてある木箱を前にお経を唱えていました。唱えながら誠吉がなぜあんな風になってしまったのか、考えていたのです。影を切り離したのはよかれと思ってしたことですが、その後、誠吉はあのような生気のない若者となってしまったのでした。そもそも影とは何なのか？

その頃、源太と誠吉は二人でくさやを肴《さかな》に酒を飲んでいました。誠吉は酒もあまり進まず少ししょんぼりした様子です。源太は励ましてやろうと、

「誠吉、まあ、あんまり気にするなって、影がないくらいで。別にどこかが痛いとかかゆいとかって訳じゃないんだし」

「兄ちゃんは人のことだと思って。普通は誰でもみんな影があるんだし……」

「そりゃまあ、影がないっていうんじゃあ、とても一丁前とはいえねえもんな」

そういわれ、誠吉はまたよけい落ちこんだ様子でした。源太は少しまずかったかなと思いました。その時、ゴォーン、ゴォーンと除夜の鐘の音が力強く聞こえてきました。源太はぐいっと湯呑みの酒をあおり、

「和尚さま、元気なもんだな、もう還暦だろうに」

その頃、月心は月光を浴びながら除夜の鐘をついていました。一つ、二つ、三つ、

……。全部で百八つきますが、それは人間の百八の煩悩《ぼんのう》をあらわしているのです。月心は鐘をつきながら、ふと不思議な錯覚にとらわれました。それは自分の方が影につき動かされているような気になったということです。実際には月心が鐘をつくから、月の光によって下に影が映るのですが、自分の方が影に操られているような不思議な感覚に襲われたのでした。月心はふと思いました。誰でも多かれ少なかれこのような感覚を持つものではないのかと。月心ははっと気付きました。「影」とは人が誰でももっている裏の欲望ではないのか、ひょっとしたら影の方にこそ人間の本心があるのかもしれないと。

いよいよ年が明けて新年となりました。昼頃、月心和尚は誠吉の家へ酒の入った大きなとっくりと例の木箱を持ってふらりとやってきました。源太を見て月心はすぐに分かりました。

「源太！　お前は源太じゃな？　何年ぶりかのう。また少し肥ったようじゃが、まあ元気そうじゃな？」

「いやあ、和尚さまもお年にかかわらずお元気そうで」

「ちょうどよかった。二人に話がある。源太も誠吉の影の件については、もう話を聞いておるんじゃろ？」

「まあ少しは……」

源太は下を向いている誠吉の方を見やりながら肯《うなず》きました。そこで月心は新年の挨拶《あいさつ》もそこそこに肝心の話を切り出しました。月心はお経と誠吉の影の入っている例の木箱を二人に見せ、

「誠吉、この中のお前の影をお前に返そうと思う」

誠吉は驚いて月心を見つめました。

「この影はお前の裏の欲望なのじゃ。本心といってよいかも分からん。わしはこの影をお前から切り離せば、お前が元々のまっとうな若者に戻ると思ったが、どうやらそれはまちがいだったようじゃ。お前は魂を抜き取られたただのでくのぼうのようになってしまった。わしが悪かった」

誠吉には月心の話がよく分かりませんでした。

「以前、品行方正といわれていたお前は、無理して良い人を演じていたために、影がお前の本心を代弁しようとしたんじゃよ」

「…………」

「わしも最近は年のせいか、腰が痛かったり目がかすんだりするようになった。それらの老いはなおそうとしても完全になおるものではない。完全になおそうとするのではなく、それらの老いとは死ぬまで仲よくつきあっていかねばの」

誠吉は、月心は一体何がいいたいのだろうと思いました。

「人には誰しもさまざまな煩悩《ぼんのう》や欲望がある。煩悩や欲望はなくすとか、打ち負かすとかの対象ではなく共に仲よくつきあっていくべきものではなかろうか。なくそうとしてなくせるものではなく、打ち負かそうとして打ち負かせるものではないのじゃからの」

誠吉と源太はただじっと月心の話を聞いていました。

「人には少なく数えて三つ、普通に数えれば百八の煩悩があるといわれておる。三つとは、『ほしい』『やりたい』『人よりよくなりたい』じゃ。そして、その三つの中が細かく分かれ百八になる。まず初めの『ほしい』じゃが、あれがほしい、これがほしい。特に皆がもっているものならなおさらじゃ。また一両の金《かね》が手に入れば二両ほしい。二両手に入ればもっとほしい。もっともっとと際限がない」

「…………」

「次に『やりたい』じゃが、例えば酒が飲みたい、旨いものが食いたい。女が抱きたい。

それらは人として当たり前ともいえるが、もっと上等の酒を、もっと旨いものを、もっと若く美しい女を、あの女もこの女もと際限がなくなってくる」

「…………」

「それから『人よりよくなりたい』じゃが、人よりよくなりたい。偉くなりたい。皆から認められたい。多少認められれば認められたで、もっともっとと願う。わしも若い頃には、何とかいつかは都の高僧になりたいと思ったこともあった」

誠吉は子どもの頃、特に習字に秀でていましたが、大きくなるにつれそれほどでもなくなっていました。そのため欲求不満がたまってしまったのではないかと、月心は内心思いました。月心は更に続けました。

「誰にも煩悩や欲望はある。煩悩が全くなくなるのはこの世とおさらばした時じゃよ。だからこそ煩悩とはうまく折り合いをつけながら、仲よくつきあわねばならぬ。またさまざまな欲望は上手に吐き出していかねばの」

「…………」

「そういう心の制御がうまくできんと、大それた犯罪を犯す者も出てくる。数年前には寺子屋が襲われ何人もの幼い子どもたちの命が奪われた事件があったの。その下手人《げしゅにん》は家が貧しくて寺子屋に通わせてもらえなかった若者だった。また昨年には、相手の女の留守中に二階からしのびこみ押し入れに隠れていて、女が戻ってきたところに現れ絞め殺してしまったという事件もあった。別れ話のもつれが原因じゃった」

月心は誠吉を見て笑っていいました。

「まあともかく、誠吉。お前の影をお前に返そう」

月心は木箱から折りたたんだ誠吉の影を取り出すと、ていねいに引きのばしました。影は不安そうに、またこずるそうに皆の様子を窺っています。月心は構わず、ためらっている誠吉の足に影をもっていきました。すると、影はすぐに嬉しそうに誠吉の足にぴたりとくっついたのです。

その後、三人は三人だけのささやかな新年会を開きました。

「誠吉、どんどん飲め。酒を飲んでもいい。じゃが、酒に飲まれんようにの」

しかし、誠吉はまだどこか不安気でした。影は隙《すき》あらばまた誠吉を操ろうと窺っているようにもみえます。

「ああ、そうじゃった」

月心が急に思いついたようにいいました。

「誠吉、それからお前は以前反物屋の娘お吉に、毎日恋文を届けておったな？」

「あれは影の奴が……」

などと誠吉は小さな声でいい、自分の影の方を見るのでした。影は迷惑そうでした。

「じゃが、お吉に惚れとったのは本当じゃろうが？」

誠吉は黙って下を向いてしまいました。

「まあ、あんまり一人の女にこだわらんほうがいい。女なんてどれも皆同じようなもんじゃ。大してどれも違わん。また逆にどれもそれなりのよさがあるともいえる」

「そうそう、兄ちゃんなんかな」

しゃべりたくてたまらなかった源太が、そこで割って入りました。

「この土地ではこの女、あの土地ではあの女といろんな女と恋をしたもんだ。例えば紀州で出会ったお春って女は心の清らかなすみれの花のような女だったな。世の中の汚れに染まってねえっていうか」

誠吉はお春という女は自分の好みかなと思いました。

「山陽で知り合ったお夏って女は心の強い女だったな。岩をも砕く波のような情熱的な女だった。兄ちゃん迫られちゃってちょっと困ったよ」

兄ちゃんはけっこうもてたんだなと誠吉は思いました。

「また、北陸ではお秋って女と懇《ねんご》ろになってな。お秋は心の深い女で、いろんなものの見方のできる女だった。愛の深さ、また愛にはいろんな愛があるってことを、俺に語ってくれたよ」

誠吉はただ感心して聞いていました。

「それから、奥州ではお冬っていう女と恋に落ちたもんだ。お冬は心の広い女でな、根雪をとかす大地のようだった。俺の多少の欠点なんかも受け入れてくれるそんな女だった」

「兄ちゃん」

誠吉はふと疑問が起こって聞きました。

「兄ちゃんはそんなにもててたのに、何で今でも独り者何だい？」

源太はちょっと困った顔になりましたが、すぐに、

「そりゃあお前、兄ちゃんは旅から旅の旅がらすだからな。それに嫁なんか貰ったら、他の女が俺に惚れた時に面倒じゃねえか」

「ふうむ……？」

月心がいいました。

「まあ、一人の女にこだわるのはよくないってことじゃよ。自分にはこの女しかいないなどと決めてかかると他の女が見えなくなる」

　そんなもんかなと誠吉は思いました。

「誠吉、お前は源太とちがってそこそこ美男だし、お前を好きだという娘もこの広い世の中に一人もおらん訳じゃなかろう」

　そういわれてみれば誠吉にも思い当たる節がないわけではありませんでした。

「肝心なのはお前が誰を好きなのか、ということなんかじゃない。誰がお前を好きなのか、ということなんじゃ。お前みたいな男でも好きになってくれるなら、それを大切に考えねばの。そうでないとうかうかしているうちに一生独り身になってしまうかも分からんぞ」

　それを聞いて誠吉は一生独り身はちょっといやだなと思い、ちらと源太のほうを見ました。月心は誠吉に更に、

「これからは、お前がお前の影をちゃんと御するようにの。といっても影はお前の本心ともいえる訳だからけっこう難しいが、そのへんはおだてたり厳しくしたり上手にの」

　ともかく、こうして誠吉の影は再び誠吉のもとへ返されることになりました。しかし、その後もしばらくの間、誠吉と誠吉の影の間では激しい葛藤が続いたのです。影は、隙を

みてまた何か悪さを企《くわだ》てようとするのでした。例えば誠吉はまた誰でもよいからぶっ叩いててやりたいという衝動がたまに起こってくることもありました。

その日、まだ松の内でしたが、空は天高く快く晴れていました。源太はふと思いつき、誠吉とともに仁明寺の月心を訪れました。誠吉に太鼓を叩かせてみようと思ったのです。月心も「それは妙案じゃ」と賛成してくれました。源太は子どもの頃から太鼓を叩くのが大好きでした。出奔する前の夏祭りの際には、率先して大太鼓を叩いたものでした。寺の蔵から大太鼓を誠吉と二人でかついで庭へ出しました。源太はねじりはち巻でばちを持って誠吉にいいました。

「太鼓ってのはよ、こうやって腰を入れて力いっぱい叩くもんよ」

ドーンッ、ドーンッと大きな音が辺り一体に響き渡りました。

「太鼓を思いきりぶっ叩いてやりゃあ、人さまを叩きたくなんかなんねえよ。誠吉、お前もやってみい」

誠吉は初め、影とともにしぶっていましたが、やってみたい気持ちもあったのでおそるおそるばちを握りました。影もばちを握ってみたかったのでしょう、逆らうような様子はありませんでした。誠吉は初め太鼓を軽く叩きました。それから次に少し強く叩いてみました。続けて調子をつけて叩いてみました。すると、だんだん面白くなって、強弱をつけ叩き続けました。ドン、ドンドーン。

「いいぞ、いいぞ、その調子その調子。誠吉、お前やればできるんだ。俺よりうまいぞ」

源太は誠吉を元気づけようと他にもいろいろほめ言葉を投げかけたのですが、太鼓の音に打ち消され、それはほとんど誠吉の耳には届きませんでした。その様子を月心は目を細めて満足そうに見ていました。誠吉の顔からは汗が飛び散っていました。誠吉が元気よくばちをふるうと、誠吉の影もまた一体となって元気よくばちをふるいました。誠吉もその影もともに生き生きとしていました。

次の日も雲ひとつない冬晴れの日でしたが、源太は寒中水泳をやろうと、誠吉を近くの川へ連れていきました。源太は先に褌《ふんどし》ひとつになり、

「誠吉、お前も早く脱げよ。真冬に川で泳ぐなんて粋《いき》なもんじゃないか」

「兄ちゃん、風邪ひいちゃうよ」

「風邪なんかひいたっていつかなおるさ」

誠吉もやっと褌ひとつになるにはなったのですが、なかなか川に入ろうとしません。源太は誠吉の手をつかんで無理矢理川へ入ろうとしました。と、見ると、いやがる誠吉とそ

の影がぴたりと一致しているのでした。

二人はいったん水の中へ入ったのですが、余りの水の冷たさに誠吉はすぐに自ら出てしまいました。源太が川の中からいいました。

「おい、誠吉、お前ばかだな。外へ出るとよけい寒いぞ」

確かに濡れた身体で風に吹かれるとよけい寒いので、誠吉はしかたなく再び水の中へ入りました。源太は川下の方で、

「どんどん泳ごうぜ。泳げばあったかくなるって」

源太につられ、誠吉もしかたなく泳ぎだしました。

次の日、風邪をひいたのは源太のほうでした。誠吉は源太のためにおかゆをつくってやったり、冷たい手拭いを額に当ててやったりとかいがいしく面倒をみました。源太はゴホゴホ咳をしながらいいました。

「誠吉、お前、案外気がきくな。女だったら嫁さんにしてやるのによ」

「兄ちゃん、やめてくれ。気持ち悪いよ。それに近親相姦だよ」

誠吉は顔をしかめました。

けれども、こうして誠吉はしだいに自分の影と馴染んでいったのです。また、誠吉は皆

と同じように影があることで、元のように平気で外を出歩けるようになりました。そして、家業の小間物屋も、店を開けている時間はまだ短いながらも再開したのでした。

それから十日ほど経ちました。源太は風邪もすっかりなおり、また旅へ出ることにしました。

源太は旅仕度をして、橋を渡ろうとしていました。月心も見送りにきてくれました。河原では子どもたちが、大空の下で凧揚《たこあ》げに興じています。誠吉がこころもとなげに、

「兄ちゃん、本当にいっちゃうのかい？」

「ああ、また恋でもしてくらあ」

月心が笑って、

「源太、また女にふられたら戻ってくるんじゃぞ」

「今度は嫁さん連れて戻ってきますよ。和尚さまもそれまでお達者で。誠吉、お前も影と上手《うま》くやれよ」

源太は手を振り、橋を渡っていきました。

陽の光を受け、誠吉の黒い影がくっきりと地に映っていました。誠吉はこの影とともに、

これからずっと一生生きていこうと思ったのでした。

著者プロフィール

奥沢 拓（おくさわ たく）

本名・小栗 哲至（おぐり てつし）
版画家（木版）・詩人
日本詩人クラブ会員
著書『大姫と義高』（文芸社　2008年）
『詩集　こんな母ですが』（土曜美術社出版販売　2000年）
『花の詩画集　漢字の詩　悲しいという字は』（土曜美術社出版販売　2007年）
詩集『一行詩　独身貴族いまはむかし』（土曜美術社出版販売　2012年）

新・怪談

2015年７月15日　初版第１刷発行

著　者　奥沢 拓
発行者　瓜谷 綱延
発行所　株式会社文芸社
〒160-0022　東京都新宿区新宿１−10−１
電話　03-5369-3060（編集）
03-5369-2299（販売）

印刷所　図書印刷株式会社

ISBN978-4-286-16357-4